실물자산 토큰화 금융시대

RWA 혁명

실물자산 토큰화 금융시대

RWA 혁명

2026년 4월 5일 초판 1쇄 인쇄 발행

지은이   문태성
감　수   장진우
펴낸이   박종래
펴낸곳   도서출판 명성서림

등록번호   301-2014-013
주소   04625 서울시 중구 필동로 6 (2, 3층)
대표전화   02)2277-2800
팩스   02)2277-8945
이메일   msprint8944@naver.com

값 20,000원
ISBN 979-11-7439-114-8

RWA 시대가 온다

RWA 혁명

- 실물자산 토큰화 금융시대 -

장진우 감수　　문태성 지음

도서출판 명성서림

주식회사 데이터시티위마켓 대표이사 회장 장진우입니다.

저는 블록체인 연구자로서, 실제 탈중앙화 기반의 RWA플랫폼(www.rwahub.app)을 운영하고 있습니다.

저자 문태성 님은 글로벌시대를 연구하는 정치학 박사이기도 하며, 우리회사의 자문위원이기도 합니다.

블록체인의 변화를 일반인의 시각에서 가장 예리하고 분석하고 판단하시는 인사이트를 가진 분으로 평소 존경하는 분이기도 합니다.

이 책은 전 세계 블록체인 변화의 중심에 있는 토큰 경제를 서술한 책으로, 많은 분들이 토큰 경제가 나의 삶에 가까이 왔음을 직시하는 계기가 되기를 바라는 마음입니다.

특히 스테이블코인의 확대는 거대한 새로운 금융 패러다임 변화의 서막이기도 합니다.

그 이유는 거래소의 지불수단 외 스테이블코인 현실과 대단히 가까운 결제 수단으로, 현실 경제에 이미 와 있다는 것을 보여주는 책이라고 생각입니다.

책 중심이 RWA(자산담보형 토큰)의 혁명이라고 생각에 전적으로 동감합니다.
RWA는 유무형의 자산으로 조각으로 분할하여, 투자·교환·매매하는 토큰 경제의 핵심 패러다임입니다.

이젠 누구나 적은 돈으로 과거에 상상할 수 없는 자산에 직접 투자할 수 있으며, 이는 새로운 방식이며 부의 유무, 과거의 신용에 의해 투자의 기회 불균형을 없애는 순기능을 갖고 있어, 그 파급 속도는 선진국, 후진국 어디에서나 언제나 가능하기에 그 한계를 가름할 수가 없습니다.

저자이신 문태성 박사님의 노고에 감사드리며, 본 책이 RWA산업의 발전과 시대에 밝은 제현들의 이해에 크게 도움이 되길 진심으로 기원합니다.

㈜데이터시티위마켓
대표이사 회장 장진우

학력

▲연세대학교 졸 ▲연세대학교 경영대학원 졸
▲경희대학교 겸임교수

경력

▲한진그룹 기획실 / 전산 조정실 ▲싱가폴 시온인터내셔널 대표이사 ▲3W 그룹 대표이사 ▲이아카데미 홀딩스 대표이사 ▲스쿨랜드 사장 겸 총괄이사 ▲국제영어마을사업단 단장 겸 사장 ▲민족사관고등학교 부설 성인 대상 영어교육원 단장 ▲(주)하이파개발 부사장 ▲(주)럭스 대표이사 ▲올아이티 그룹 경영본부장 겸 (주)씨피킹코리아 대표이사 총괄사장 ▲글로벌 B2B 제휴 포럼 회장 ▲(주)화이트다이아코리아 회장 등 역임

수상 등

▲1999년 문화관광부3wtour 관광벤처1호, 생산성본부 최우수 중소기업 선정 ▲2000년 문화일보 선정 차세대 밀레니엄 리더 100인 선정 ▲2000년 언론인 협회 관광, 경영부문 위원 선정 ▲2000년 인터넷기업협회 부회장 ▲2001년 인터넷교육시험협회 부회장 ▲2006년 뉴스웨이 선정 경영인 부문 장한한국인상 수상 ▲다수 인터넷,교육, 관광 분야등 대학 초청특강 및 공중파 TV패널 출연 ▲동국대, 성균관대, 경희대, 호서대 등 특강 ▲2018년 한국을 빛낸 자랑스런 한국인 수상 ▲2022년 한국 도전 페스티벌 국회상임위원장상 ▲2023년 도전한국인 대상 ▲2024년 한국을 빛낸 13인 선정 등 다수 수상

프롤로그

모든 자산은 결국 토큰이 된다 | RWA는 왜 등장했는가?

모든 자산은 결국 토큰이 된다

21세기 초반, 우리는 금융의 새로운 전환점에 서 있다. 인류의 경제사는 언제나 돈의 형태가 바뀌는 과정과 함께 발전해 왔다. 금과 은 같은 실물화폐에서 시작된 교환의 수단은 종이 화폐로 진화했고, 이후에는 신용카드와 전자결제 시스템을 통해 디지털 금융의 시대로 들어섰다. 이제 그다음 단계로 등장한 것이 바로 블록체인 기반의 자산 토큰화, 즉 RWA (Real World Asset, 실물자산 토큰)이다.

많은 사람들은 2009년 등장한 Bitcoin을 통해 블록체인 기술을 처음 접했다. 비트코인은 중앙은행이나 정부의 개입 없이 작동하는 디지털 화폐라는 점에서 전 세계 금융시스템에 큰 충격을 주었다. 이후 수천 개의 암호화폐가 등장하며 거대한 시장이 형성되었고, 탈중앙화 금융(DeFi)이라는 새로운 금융 실험도 시작되었다.

그러나 시간이 흐르면서 암호화폐 시장은 한 가지 근본적인 질문에 직면하게 되었다.

"블록체인은 현실 경제와 어떻게 연결되는가?"

암호화폐와 탈중앙화 금융(DeFi)는 혁신적인 기술이었지만, 많은 프로젝트들이 실제 경제 활동과 분리된 채 가상자산 내부에서만 가치가 순환하는 구조를 보였다. 금융의 핵심은 결국 현실 세계의 자산과 생산 활동에 기반한다. 부동산, 채권, 원자재, 인프라, 지식재산권 같은 실물자산이야말로 경제의 토대이기 때문이다.

이러한 문제의식 속에서 등장한 개념이 바로 RWA (Real World Asset, 실물자산 토큰), 즉 실물자산의 토큰화다. RWA는 현실 세계의 자산을 블록체인 위에서 디지털 토큰 형태로 발행하고 거래하는 방식을 의미한다. 간단히 말해, 우리가 알고 있는 부동산, 채권, 미술품, 탄소배출권 같은 자산이 블록체인 기술을 통해 디지털화된 투자 상품으로 변하는 것이다.

예를 들어 보자. 전통적인 금융 시장에서는 대형 빌딩이나 인프라 프로젝트에 투자하려면 막대한 자본이 필요하다. 그러나 자산을 토큰으로 나누어 발행하면 상황이 달라진다. 수천억 원 규모의 건물도 수만 개의 디지털 토큰으로 분할되어 소액 투자자들도 참여할 수 있는 시장이 형성될 수 있다. 이러한 구조는 자산의 유동성을 높이고 투자 기회를 확대하는 혁신적인 변화를 가져온다.

최근 몇 년 사이 세계 주요 금융기관들도 이러한 변화에 주목하기 시작했다. 세계 최대 자산운용사 중 하나인 BlackRock은 블록체인 기반의 토큰화 펀드를 출시하며 디지털 자산 시장에 본격적으로 진입했고, 글로벌 금융기업인 JPMorgan Chase 역시 자체 블록체인 플랫폼을 통해 금융자산의 토큰화를 실험하고 있다. 또한 전통적인 자산운용사인 Franklin Templeton은 미국 채권을 온체인 발행을 블록체인상에서 토큰 형태로 발행하며 새로운 금융 모델을 선보였다.

이러한 움직임은 단순한 기술 실험이 아니다. 세계 금융시장은 지금 "모든 자산의 디지털화"라는 거대한 흐름 속으로 들어가고 있다. 국제 금융기관과 컨설팅 회사들은 향후 5년 안에 수십조 달러 규모의 자산이 블록체인 기반으로 토큰화될 가능성이 있다고 전망하고 있다. 글로벌 컨설팅 기업과 금융기관들은 향후 수십조 달러 규모의 자산이 토큰화될 가능성을 전망하고 있다.[01]

물론 아직 해결해야 할 과제도 많다. 각국의 금융 규제, 법적 제도, 투자자 보호 장치 등은 여전히 발전 단계에 있다. 그러나 기술의 발전

01　예를 들어 Boston Consulting Group은 2030년까지 토큰화 자산 시장이 수십조 달러 규모로 성장할 수 있다고 분석한 바 있다.

속도와 글로벌 금융기관들의 움직임을 보면 RWA는 더 이상 미래의 가능성이 아니라 이미 시작된 현실이라고 할 수 있다.

한국 역시 이러한 흐름에서 예외가 아니다. 금융당국은 블록체인 기반의 토큰증권(STO, Security Token Offering) 제도를 준비하고 있으며, 여러 증권사와 핀테크 기업들이 새로운 금융 플랫폼을 개발하고 있다. 특히 부동산, 콘텐츠 지식재산(IP), 탄소배출권 등은 한국에서 RWA 시장이 빠르게 성장할 수 있는 분야로 주목받고 있다.

이 책 『RWA 혁명』은 바로 이러한 변화의 흐름을 이해하기 위해 쓰였다. 이 책에서는 다음과 같은 질문에 답하려 한다.

RWA는 왜 등장했는가?

블록체인 금융은 어떻게 실물경제와 연결되는가?
세계 금융기관들은 어떤 전략을 가지고 있는가?
어떤 산업이 RWA 시대의 핵심 시장이 될 것인가?
한국은 이 변화 속에서 어떤 기회를 맞이하게 될 것인가?

이 책은 기술서도, 투자 안내서도 아니다. 오히려 다가오는 금융 패러다임의 변화를 이해하기 위한 안내서에 가깝다. 독자들은 이 책을 통해 블록체인 기술이 금융과 경제 구조를 어떻게 바꾸고 있는지, 그리고 그 변화 속에서 새로운 기회와 위험이 무엇인지를 함께 생각해 볼 수 있을 것이다.

지금 우리는 중요한 역사적 전환점에 서 있다. 인터넷이 정보의 흐름을 바꾸었듯이, 블록체인은 자산의 흐름을 바꾸고 있다.

어쩌면 머지않아 우리는 이렇게 말하게 될지도 모른다. 세계 최대 자산운용사인 BlackRock의 창업자이자 CEO인 래리 핑크(Larry Fink)는 "모든 금융자산은 결국 토큰화될 것이다."라고 말하며, 결국 금융의 미래를 자산 토큰화라고 강조했다.

이 책이 독자 여러분에게 다가올 RWA 시대를 이해하는 작은 나침반이 되기를 바란다.

아울러 본 책의 감수를 해주신 ㈜데이터시티위마켓 장진우 회장님, 함께하는 자문위원님들의 세세한 자문에 깊은 감사를 드린다.

2026년 새봄
저자 문태성 드림

차 례

제1부. 금융의 거대한 전환

제3부. 세계 RWA 시장의 현실

제4부. 돈이 되는 RWA 산업

부록

1

금융의 거대한 전환

제1장. 돈의 역사와 금융의 진화

금본위제에서 종이 화폐까지 | 금융혁명의 네 단계 | 중앙은행과 금융 권력

인류의 경제사는 곧 돈의 역사라고 할 수 있다. 사람들은 오래전부터 재화와 서비스를 교환해 왔지만, 교환이 복잡해질수록 이를 매개하는 공통의 가치 기준이 필요해졌다. 이 기준이 바로 돈이다. 돈은 단순한 교환 수단을 넘어 사회와 국가의 권력을 형성하는 중요한 제도가 되었으며, 경제 질서를 유지하는 핵심 장치로 자리 잡았다.

오늘날 우리가 사용하는 화폐는 종이 지폐와 디지털 숫자의 형태를 띠지만, 그 출발점은 매우 단순했다. 인류 초기 사회에서는 조개껍데기, 곡물, 소금, 금속 같은 물품들이 교환 수단으로 사용되었다. 이러한 물품들은 희소성과 보관의 용이성 때문에 자연스럽게 초기 화폐의 역할을 하게 되었다. 이후 경제 규모가 확대되면서 금과 은 같은 귀금속이 화폐의 중심이 되었다.

금과 은은 희소하고 위조가 어렵다는 특성 때문에 랜 기간 가치 저

장 수단으로 사용되었다. 특히 금은 전 세계적으로 가장 안정적인 자산으로 인정받았으며, 국가 간 거래에서도 중요한 역할을 했다. 이러한 역사적 흐름 속에서 등장한 것이 바로 금본위제(Gold Standard)이다.

금본위제에서 종이 화폐까지

금본위제는 화폐의 가치를 일정한 양의 금과 연결하는 제도이다. 다시 말해 국가가 발행한 화폐는 언제든지 일정한 금으로 교환될 수 있다는 약속을 의미한다. 19세기 후반부터 20세기 초까지 세계 주요 국가들은 금본위제를 채택하면서 국제 금융 질서를 유지했다. 당시에는 화폐의 가치가 금에 의해 보장되었기 때문에 통화의 신뢰성이 비교적 안정적이었다.

그러나 20세기에 들어서면서 상황이 바뀌기 시작했다. 두 차례의 세계대전과 대공황은 각국 경제에 큰 충격을 주었고, 정부는 경기 침체를 극복하기 위해 더 많은 화폐를 발행해야 했다. 하지만 금본위제 체제에서는 금 보유량이 화폐 발행의 한계를 결정했기 때문에 경제 정책을 자유롭게 운영하기 어려웠다.

이러한 문제는 결국 1971년 미국 정부가 금과 달러의 교환을 중단하면서 새로운 국면을 맞았다. 당시 미국 대통령이었던 Richard Nixon은 달러를 금과 연결하던 체제를 공식적으로 종료했다. 이 사건은 흔히 "닉슨 쇼크"라고 불리며, 이후 세계 금융은 법정화폐(Fiat

Money) 체제로 전환되었다.[01]

　법정화폐란 정부의 신용에 의해 가치를 유지하는 화폐를 의미한다. 다시 말해 화폐의 가치는 금이나 은 같은 실물자산이 아니라 국가의 신뢰와 경제력에 의해 결정된다. 오늘날 대부분의 국가가 사용하는 화폐 시스템이 바로 이 법정화폐 체제이다.

금융혁명의 네 단계

　돈의 형태는 시대에 따라 변화해 왔으며, 이러한 변화는 종종 금융 혁명이라고 불릴 만큼 큰 영향을 미쳤다. 현대 금융의 발전 과정은 크게 네 단계로 정리할 수 있다.

　첫 번째 단계는 금속 화폐의 시대이다. 금과 은 같은 귀금속이 화폐로 사용되던 시기다. 이 시기의 화폐는 물리적 가치를 가지고 있었기 때문에 사람들이 직접 보유하고 교환하는 방식으로 거래가 이루어졌다.

　두 번째 단계는 종이 화폐와 은행의 등장이다. 은행은 금을 보관해주는 대신 보관증을 발행했는데, 이 보관증이 점차 종이 화폐의 역할을 하게 되었다. 이후 국가가 직접 화폐 발행 권한을 갖게 되면서 중앙은행 중심의 금융 체제가 형성되었다.

01　1971년 미국 정부는 달러와 금의 교환을 중단하며 브레튼우즈 체제를 사실상 종료하였다. 이 결정은 세계 금융시스템을 금본위제에서 법정화폐 체제로 전환시키는 계기가 되었다.

세 번째 단계는 전자 금융의 시대이다. 컴퓨터와 인터넷이 등장하면서 금융 거래는 더 이상 현금을 사용하지 않고도 이루어지게 되었다. 신용카드, 인터넷뱅킹, 모바일 결제 등은 현대 경제에서 필수적인 금융 서비스가 되었다.

그리고 네 번째 단계가 바로 디지털 자산과 블록체인의 시대다. 2009년 등장한 Bitcoin은 중앙은행이나 금융기관 없이도 작동하는 새로운 형태의 화폐 시스템을 제시했다. 블록체인 기술은 거래 기록을 분산된 네트워크에 저장함으로써 신뢰를 기술로 구현하는 방식을 보여주었다.[02]

비트코인의 등장은 단순히 새로운 디지털 화폐가 등장했다는 의미를 넘어, 기존 금융시스템에 대한 근본적인 질문을 던졌다. 과연 화폐는 반드시 중앙기관이 발행해야 하는가? 금융 거래는 반드시 은행을 거쳐야 하는가? 이러한 질문은 이후 수많은 블록체인 프로젝트와 탈중앙 금융(DeFi)의 탄생으로 이어졌다.

중앙은행과 금융 권력

현대 금융시스템에서 가장 중요한 기관 중 하나는 중앙은행이다. 중

---

02   Bitcoin은 사토시 나카모토라는 익명의 개발자가 제안한 블록체인 기반의 디지털 화폐로, 중앙기관 없이 운영되는 분산형 금융시스템의 가능성을 제시했다.

앙은행은 국가의 통화를 발행하고 금융시스템의 안정성을 유지하는 역할을 한다. 대표적인 중앙은행으로는 미국의 Federal Reserve, 유럽의 European Central Bank, 그리고 한국의 한국은행 등이 있다.

중앙은행의 중요한 기능 중 하나는 통화 정책이다. 중앙은행은 금리 조정이나 화폐 공급을 통해 경제를 조절한다. 예를 들어 경제가 침체될 때는 금리를 낮추고 돈의 공급을 늘려 소비와 투자를 촉진한다. 반대로 물가 상승이 심해질 때는 금리를 올려 통화량을 줄인다.

이러한 정책은 경제 안정에 중요한 역할을 하지만 동시에 막대한 권력을 의미하기도 한다. 중앙은행의 결정은 국가 경제뿐 아니라 세계 금융시장에도 큰 영향을 미친다. 특히 미국의 연방준비제도(Fed)가 금리를 조정하면 글로벌 금융 시장이 즉각적으로 반응하는 경우가 많다.

하지만 블록체인과 디지털 자산의 등장으로 이러한 금융 권력 구조에도 변화의 조짐이 나타나고 있다. 비트코인을 비롯한 암호화폐는 중앙기관 없이도 운영될 수 있는 화폐 시스템의 가능성을 보여주었다. 물론 이러한 시스템이 기존 금융 체제를 완전히 대체하기는 어렵지만, 중앙화된 금융 구조에 대한 새로운 대안을 제시했다는 점에서 의미가 있다.

최근에는 중앙은행들도 이러한 변화에 대응하기 시작했다. 여러 국가에서는 중앙은행 디지털 화폐(CBDC)를 발행하고 있으며, 디지털

금융 인프라 구축에 적극적으로 나서고 있다.[03]

　이는 블록체인 기술이 단순한 실험을 넘어 미래 금융시스템의 중요한 요소로 자리 잡고 있으며, 근래 달러 스테이블코인의 성장 속도는 역대 어떤 금융 상품보다 진화속도가 빠르다. 글로벌 송금 수단으로 빠르게 채택되고, 암호화폐 거래의 80%가 스테이블코인 기반이며 신흥국에서는 화폐가치 안정 대체물로 많이 사용되고 있고, 기업 간 결제(B2B)에도 활용이 대폭 증가하고 있다. 다시 말해 스테이블코인은 전 세계가 동의한 가장 빠르고 쉬운 디지털 결제 수단이 되고 있다. 따라서 오늘날 세계 금융은 또 한 번의 전환점에 서 있다. 인터넷이 정보의 흐름을 바꾸었다면, 블록체인은 가치의 흐름을 바꾸고 있다. 이러한 변화의 다음 단계가 바로 실물자산 토큰화(RWA)이다.

03　국제결제은행(BIS)을 비롯한 여러 금융기관은 중앙은행 디지털 화폐(CBDC)의 가능성을 연구하고 있으며, 일부 국가에서는 시범 프로젝트가 진행되고 있다.

제2장. 블록체인이 만든 새로운 경제

비트코인의 등장 | 탈중앙 금융(DeFi)의 등장 | 디지털 자산 시장의 성장

21세기 초반 등장한 블록체인 기술은 단순한 IT 혁신을 넘어 경제 시스템 자체를 바꿀 가능성을 가진 기술로 평가받고 있다. 인터넷이 정보의 흐름을 바꾸었다면, 블록체인은 가치의 이동 방식을 바꾸고 있기 때문이다. 이러한 변화의 출발점에는 한 가지 중요한 사건이 있다. 바로 2009년 등장한 디지털 화폐, 비트코인이다.

비트코인의 등장

2008년 세계 경제는 역사적인 금융위기를 경험했다. 미국의 주택시장 붕괴로 시작된 금융위기는 글로벌 금융시스템 전체로 확산이 되었고, 대형 금융기관들이 연쇄적으로 무너졌다. 이 사건은 흔히 글로벌

금융위기 또는 리먼 브라더스 사태로 불린다. 당시 세계 금융시장은 극심한 혼란에 빠졌고, 정부와 중앙은행은 대규모 금융 구제 정책을 통해 시스템 붕괴를 막아야 했다.

이러한 혼란 속에서 2008년 10월, 한 편의 논문이 인터넷에 등장했다. 논문의 제목은 "Bitcoin: A Peer-to-Peer Electronic Cash System"이었다. 이 논문은 '사토시 나카모토'라는 익명의 인물이 발표한 것이었으며, 중앙기관 없이 작동하는 새로운 디지털 화폐 시스템을 제안했다.[04] 이 논문에서 제시된 시스템이 바로 Bitcoin이다.

비트코인의 가장 중요한 특징은 중앙기관이 필요 없는 금융시스템이라는 점이다. 기존 금융 거래는 은행이나 결제기관 같은 중개자를 통해 이루어진다. 그러나 비트코인은 네트워크에 참여한 컴퓨터들이 거래 기록을 공동으로 관리하는 분산형 장부 시스템, 즉 블록체인을 사용한다.

블록체인은 거래 정보를 여러 컴퓨터에 동시에 저장함으로써 데이터를 조작하기 어렵게 만든다. 거래 기록은 일정 시간마다 '블록'이라는 단위로 묶여 체인처럼 연결되며, 한번 기록된 정보는 변경하기 매

---

04   Bitcoin은 2008년 '사토시 나카모토(Satoshi Nakamoto)'라는 익명의 개발자가 발표한 논문에서 제안된 디지털 화폐 시스템이다. 이 논문은 중앙기관 없이 개인 간 직접 거래가 가능한 전자 화폐 구조를 설명하고 있다.

우 어렵다. 이러한 구조 덕분에 비트코인은 중앙기관 없이도 신뢰를 유지할 수 있는 시스템을 구현했다.

비트코인의 또 다른 특징은 발행량이 제한되어 있다는 점이다. 비트코인은 총 2,100만 개까지만 발행되도록 설계되어 있다. 이는 기존 법정화폐와 달리 무제한으로 발행될 수 없다는 의미이며, 일부 사람들은 이러한 특성 때문에 비트코인을 "디지털 금"이라고 부르기도 한다.[05]

비트코인은 처음 등장했을 때만 해도 실험적인 프로젝트로 여겨졌다. 그러나 시간이 지나면서 점차 많은 사람들이 이 시스템에 관심을 가지기 시작했다. 특히 2010년대 중반 이후 가격이 급격히 상승하면서 전 세계 투자자들의 주목을 받게 되었다. 이후 수천 개의 암호화폐가 등장하면서 디지털 자산 시장이 빠르게 성장하기 시작했다.

탈중앙 금융(DeFi)의 등장

비트코인의 성공은 블록체인 기술이 단순한 디지털 화폐를 넘어 새로운 금융 인프라로 발전할 수 있다는 가능성을 보여주었다. 이러한 흐름 속에서 등장한 것이 바로 탈중앙 금융(DeFi, Decentralized

---

05   비트코인의 총발행량은 2,100만 개로 제한되어 있으며, 이러한 희소성 때문에 일부 투자자들은 비트코인을 금과 유사한 가치 저장 수단으로 평가하기도 한다.

Finance)이다.

탈중앙 금융은 블록체인 기술을 활용하여 은행이나 금융기관 없이도 금융 서비스를 제공하는 시스템을 의미한다. 기존 금융에서는 대출, 예금, 거래, 파생상품 같은 서비스가 모두 금융기관을 통해 이루어졌다. 그러나 디파이는 이러한 기능을 스마트 계약(Smart Contract)이라는 프로그램을 통해 자동으로 수행한다.

대표적인 예가 탈중앙 거래소(DEX)이다. 전통적인 암호화폐 거래소는 중앙화된 기업이 운영하며 사용자 자산을 관리한다. 반면 탈중앙 거래소에서는 사용자들이 직접 지갑을 통해 거래를 수행하며, 거래 과정은 스마트 계약을 통해 자동으로 처리된다.

또 다른 예는 디파이 대출 플랫폼이다. 이러한 플랫폼에서는 사용자가 암호화폐를 담보로 맡기고 다른 자산을 대출받을 수 있다. 이 과정 역시 은행의 심사나 승인 절차 없이 스마트 계약에 의해 자동으로 진행된다. 이러한 시스템은 금융 서비스를 보다 빠르고 효율적으로 제공할 수 있다는 장점을 가지고 있다.

2019년 이후 디파이 시장은 급격히 성장했다. 다양한 프로젝트들이 등장하면서 수십억 달러 규모의 자산이 블록체인 금융시스템에 예치되기 시작했다. 디파이는 단순한 기술 실험을 넘어 새로운 금융 생태

계를 형성하기 시작한 것이다.[06]

하지만 디파이 역시 여러 문제점을 드러냈다. 스마트 계약의 보안 취약점으로 인해 해킹 사건이 발생하기도 했으며, 일부 프로젝트는 투기적 성격이 강하다는 비판을 받았다. 또한 규제 체계가 아직 명확하지 않아 투자자 보호 문제가 제기되기도 했다.

그럼에도 불구하고 디파이는 중요한 의미를 가진다. 이는 금융 서비스가 반드시 은행이나 금융기관을 통해서만 제공될 필요가 없다는 가능성을 보여주었기 때문이다.

디지털 자산 시장의 성장

비트코인과 디파이의 등장 이후 디지털 자산 시장은 빠르게 확대되었다. 초기에는 몇몇 기술 애호가와 개발자들만 참여했지만, 시간이 지나면서 기관 투자자와 기업들도 시장에 관심을 보이기 시작했다.

특히 2020년대 들어 여러 대형 금융기관들이 디지털 자산 시장에

---

06   탈중앙 금융(DeFi)은 블록체인 기반 스마트 계약을 활용해 금융 서비스를 제공하는 시스템을 의미하며, 다양한 프로젝트들이 등장하면서 새로운 디지털 금융 생태계를 형성하고 있다.

참여하면서 시장의 규모와 영향력은 더욱 커졌다. 세계 최대 자산운용사 중 하나인 BlackRock은 비트코인 관련 투자 상품을 출시하며 디지털 자산 시장에 본격적으로 진입했다. 또한 글로벌 결제 기업인 PayPal은 사용자들이 플랫폼에서 암호화폐를 거래할 수 있도록 서비스를 확대했다.

기업들의 참여도 늘어났다. 전기차 기업인 Tesla는 한때 비트코인을 기업 자산으로 보유하며 시장의 큰 관심을 받았다. 이러한 사례들은 디지털 자산이 단순한 기술 실험이 아니라 실제 금융자산으로 인식되기 시작했음을 보여 준다.

또한 블록체인 기반의 NFT(대체불가능토큰) 시장도 등장했다. NFT는 디지털 콘텐츠의 소유권을 블록체인으로 인증하는 기술로, 예술 작품이나 음악, 게임 아이템 같은 디지털 자산을 거래할 수 있게 만들었다. NFT 시장은 예술과 콘텐츠 산업에도 큰 영향을 미치며 새로운 경제 모델을 만들어 냈다.

이처럼 디지털 자산 시장은 단순한 암호화폐 거래를 넘어 다양한 형태의 디지털 경제 생태계로 발전하고 있다. 투자 상품, 금융 서비스, 콘텐츠 거래 등 다양한 분야에서 블록체인 기술이 활용되기 시작한 것이다.

그러나 이러한 성장에도 불구하고 여전히 중요한 질문이 남아 있다.

"디지털 자산은 현실 경제와 어떻게 연결되는가?"

현재의 암호화폐 시장은 여전히 상당 부분이 가상 자산 내부에서 순환하는 구조를 가지고 있다. 많은 프로젝트들이 실물경제와 직접적으로 연결되지 않은 채 운영되고 있으며, 이는 시장의 지속 가능성에 대한 의문을 제기하기도 한다.

바로 이 지점에서 등장하는 개념이 RWA (Real World Asset, 실물자산 토큰)이다. RWA는 현실 세계의 자산을 블록체인과 연결함으로써 디지털 금융과 실물경제 사이의 간극을 메우려는 시도라고 할 수 있다.

RWA 시장이 확장하는 시기에 달러 스테이블코인 등장은 결제 수단으로 활용하여 RWA가 크게 성장할 수 있었던 결정적 계기가 되었다.

제3장. 암호화폐의 한계

투기 시장의 문제 | 실물경제와의 단절 | 제도권 금융의 경계 | 다음 단계의 혁신

비트코인의 등장과 블록체인 기술의 발전은 금융 역사에서 매우 중요한 사건이었다. 이 기술은 중앙기관 없이도 거래가 가능한 새로운 금융시스템을 제시했고, 전 세계 수 많은 사람들에게 탈중앙화 금융의 가능성을 보여주었다. 그러나 시간이 흐르면서 암호화폐 시장은 여러 가지 한계를 드러내기 시작했다.

초기에는 혁신적인 기술로 주목받았던 암호화폐가 점차 투기 중심 시장으로 변질되었고, 실물경제와의 연결성이 약하다는 비판도 제기되었다. 또한 각국 정부와 금융기관들은 투자자 보호와 금융 안정성 문제를 이유로 암호화폐에 대해 신중한 태도를 유지하고 있다. 이러한 문제들은 결국 블록체인 산업이 다음 단계로 발전하기 위해 해결해야 할 중요한 과제가 되었다.

투기 시장의 문제

암호화폐 시장이 가장 크게 비판을 받는 이유 중 하나는 과도한 가격 변동성과 투기적 거래다. 비트코인이 처음 등장했을 때만 해도 기술 실험에 가까운 프로젝트였지만, 시간이 지나면서 투자자들이 몰리기 시작했고 가격은 급격하게 상승했다. 이후 수많은 알트코인(대체 암호화폐)이 등장하면서 시장은 더욱 빠르게 확대되었다.

문제는 많은 프로젝트들이 실제 기술이나 사업 모델보다는 가격 상승 기대를 중심으로 투자자들을 끌어모았다는 점이다. 일부 프로젝트는 충분한 기술적 기반 없이도 토큰을 발행했고, 투자자들은 단기간에 높은 수익을 기대하며 자금을 투입했다. 이러한 현상은 2017년 암호화폐 시장에서 크게 나타났다.

당시 많은 기업들이 ICO(Initial Coin Offering)라는 방식으로 자금을 조달했다. ICO는 블록체인 프로젝트가 자체 토큰을 발행하여 투자자들에게 판매하는 방식이다. 초기에는 혁신적인 자금조달 방법으로 평가받았지만, 시간이 지나면서 투자 사기와 부실 프로젝트가 늘어나기 시작했다. ICO(Initial Coin Offering)는 블록체인 프로젝트가 토큰을 발행해 투자 자금을 모집하는 방식이다. 2017년 전후로 수많은 프로젝트가 ICO를 진행했지만, 이후 규제 부족과 사기 사건 등으로 인해 각국 정부가 관련 규제를 강화하기 시작했다.

암호화폐 시장의 급격한 가격 변동도 문제로 지적된다. 예를 들어

Bitcoin의 가격은 몇 년 사이 수십 배 상승하기도 했지만, 동시에 큰 폭으로 하락하기도 했다. 이러한 변동성은 단기 투자자들에게는 기회를 제공할 수 있지만, 금융시스템 전체의 안정성을 고려할 때는 위험 요소로 평가된다.

특히 개인 투자자들이 높은 수익을 기대하며 시장에 참여했다가 큰 손실을 입는 사례도 적지 않았다. 이러한 경험은 암호화폐 시장이 아직 성숙하지 않았으며, 투기적 성격이 강한 시장이라는 인식을 강화했다.

실물경제와의 단절

암호화폐 산업이 직면한 또 다른 문제는 실물경제와의 연결 부족이다. 전통적인 금융시스템에서 자산의 가치는 실제 경제 활동과 밀접하게 연결되어 있다. 기업의 주식은 기업의 실적과 성장 가능성을 반영하고, 채권은 발행 기관의 신용도와 수익 구조에 기반한다.

하지만 많은 암호화폐 프로젝트는 이러한 실물경제 기반이 부족했다. 일부 토큰은 특정 서비스나 플랫폼에서 사용될 수 있는 기능을 제공했지만, 실제 경제 활동과 직접적으로 연결된 경우는 많지 않았다.

이 때문에 암호화폐 시장은 종종 "자산 내부 순환 경제"라는 비판을 받는다. 투자자들이 암호화폐를 구매하고 다시 다른 암호화폐로 교환하는 과정은 활발하게 이루어지지만, 이러한 활동이 실제 생산 활동이나 산업 성장과 직접적으로 연결되는 경우는 제한적이라는 것이다.

예를 들어 블록체인 프로젝트가 새로운 토큰을 발행해 자금을 모으더라도, 그 자금이 실물경제에서 구체적인 가치를 창출하지 못하면 프로젝트의 지속 가능성은 약해질 수밖에 없다. 이러한 구조는 장기적으로 시장의 신뢰도를 떨어뜨릴 위험이 있다.

물론 일부 프로젝트들은 현실 경제와의 연결을 시도했다. 결제 시스템, 공급망 관리, 디지털 콘텐츠 시장 등 여러 분야에서 블록체인 기술이 활용되기 시작했다. 그러나 이러한 시도는 아직 제한적인 수준에 머물러 있으며, 대규모 경제시스템으로 확장되기에는 시간이 필요하다.

이러한 상황에서 블록체인 산업은 새로운 방향을 모색하게 되었다. 바로 실물자산을 블록체인과 연결하는 방식, 즉 RWA(Real World Asset, 실물자산 토큰) 토큰화가 그 대안으로 떠오르고 있다.

제도권 금융의 경계

암호화폐 시장이 성장하면서 각국 정부와 금융기관들도 이 현상을 주의 깊게 관찰하기 시작했다. 일부 국가에서는 암호화폐 산업을 적극적으로 육성하려는 정책을 추진했지만, 많은 정부는 여전히 신중한 태도를 유지하고 있다.

그 이유는 암호화폐가 금융시스템에 여러 가지 위험 요소를 가져올 수 있기 때문이다. 첫째는 투자자 보호 문제다. 암호화폐 시장은 규제가 상대적으로 약한 상태에서 성장해 왔기 때문에 사기나 시장 조작 같은 사건이 발생하기도 했다.

둘째는 금융 안정성 문제다. 암호화폐 시장이 급격하게 성장할 경우, 기존 금융시스템과 충돌할 가능성이 있다. 특히 금융기관들이 암호화폐 시장에 대규모로 참여할 경우, 시장 변동성이 금융시스템 전체에 영향을 줄 수 있다.

이 때문에 중앙은행과 금융 규제 기관들은 암호화폐 산업에 대해 조심스러운 접근을 취하고 있다. 예를 들어 미국의 Federal Reserve, 유럽의 European Central Bank 등 주요 중앙은행들은 디지털 자산의 위험성과 가능성을 동시에 연구하고 있다.

또한 많은 국가들이 암호화폐 거래소와 관련 서비스에 대한 규제를 강화하고 있다. 이러한 정책은 투자자 보호와 금융 안정성을 확보하기 위한 것이지만, 동시에 블록체인 산업이 제도권 금융과 협력하는 새로운 모델을 찾도록 만드는 계기가 되었다.

다음 단계의 금융 혁신

이처럼 암호화폐 시장은 분명 혁신적인 기술을 바탕으로 성장했지만, 동시에 여러 가지 구조적인 한계를 드러냈다. 투기 중심의 시장 구조, 실물경제와의 연결 부족, 그리고 제도권 금융의 경계는 블록체인 산업이 넘어야 할 중요한 과제였다.

바로 이러한 문제를 해결하기 위해 등장한 개념이 RWA(Real World Asset, 실물자산 토큰)이다. RWA는 현실 세계의 자산을 블록체인과 연결함으로써 디지털 금융과 실물경제를 통합하려는 시도라고 할 수 있다.

부동산, 채권, 원자재, 인프라, 지식재산권 같은 자산을 블록체인에서 토큰 형태로 발행하고 거래할 수 있다면, 블록체인 기술은 단순한 디지털 자산 시장을 넘어 실제 경제시스템의 일부가 될 수 있다.

다음 장에서는 이러한 변화의 중심에 있는 개념, 즉 실물자산 토큰화(RWA)가 무엇이며 왜 세계 금융기관들이 이 분야에 주목하기 시작했는지 살펴본다.

제4장. 새로운 해답, RWA

유형 무형의 실물자산 토큰화 | 금융과 블록체인의 융합
RWA의 등장 배경 | 새로운 금융 페러다임

블록체인 기술은 지난 10여 년 동안 빠르게 발전하며 금융 산업에 큰 영향을 미쳤다. 비트코인을 비롯한 다양한 암호화폐가 등장했고, 탈중앙 금융(DeFi)이라는 새로운 금융 모델도 실험되었다. 그러나 앞 장에서 살펴본 것처럼 암호화폐 시장은 투기 중심의 구조, 실물경제와의 단절, 그리고 제도권 금융과의 갈등이라는 한계를 드러냈다.

이러한 문제를 해결하기 위한 새로운 방향으로 떠오른 개념이 바로 RWA(Real World Asset, 실물자산 토큰), 즉 실물자산 토큰화이다. RWA는 현실 세계에 존재하는 자산을 블록체인 기반의 디지털 토큰 형태로 전환하여 거래하고 관리하는 방식을 의미한다. 이 개념은 단순한 기술적 혁신을 넘어 금융시스템과 실물경제를 연결하는 새로운 금융 패러다임으로 주목받고 있다.

유형 무형의 실물자산 토큰화

실물자산 토큰화란 부동산, 채권, 원자재, 미술품, 지식재산권 등 현실 세계의 자산을 블록체인에서 디지털 토큰 형태로 표현하는 과정을 의미한다. 이러한 토큰은 블록체인 네트워크에서 거래될 수 있으며, 소유권이나 수익권을 나타내는 디지털 증서 역할을 한다.

예를 들어 수천억 원 규모의 상업용 빌딩이 있다고 가정해 보자. 전통적인 금융시스템에서는 이러한 자산에 투자하려면 막대한 자본이 필요하다. 그러나 자산을 토큰화하면 상황이 달라진다. 건물의 가치를 수만 개의 디지털 토큰으로 나누어 발행할 수 있고, 투자자들은 작은 단위로도 해당 자산에 투자할 수 있다.

이러한 방식은 자산 투자 시장에 몇 가지 중요한 변화를 가져온다.

첫째, 자산의 유동성 증가다. 전통적으로 부동산이나 인프라 같은 자산은 거래가 쉽지 않았다. 거래 절차가 복잡하고 시간이 오래 걸리기 때문이다. 하지만 토큰화된 자산은 블록체인 네트워크에서 비교적 쉽게 거래될 수 있다.

둘째, 투자 접근성의 확대다. 고가 자산을 작은 단위로 나누어 판매할 수 있기 때문에 개인 투자자들도 다양한 자산에 참여할 수 있다. 이러한 구조는 투자 기회를 보다 넓은 계층에게 제공한다.

셋째, 거래 효율성의 개선이다. 블록체인 기반 시스템에서는 스마트 계약을 활용해 거래와 정산 과정을 자동화할 수 있다. 이는 중개기관을 줄이고 거래 비용을 낮추는 효과를 가져올 수 있다.

이러한 특징 때문에 실물자산 토큰화는 단순한 기술 혁신이 아니라 자산 시장의 구조 자체를 변화시킬 수 있는 잠재력을 가진 것으로 평가된다.

금융과 블록체인의 융합

RWA가 중요한 이유는 블록체인 기술과 전통 금융시스템을 연결하는 접점이기 때문이다. 초기의 블록체인 산업은 암호화폐 중심으로 발전했지만, 점차 금융기관과 협력하는 방향으로 변화하고 있다.

세계 주요 금융기관들은 이미 자산 토큰화 가능성을 연구하기 시작했다. 세계 최대 자산운용사 중 하나인 BlackRock은 블록체인 기반의 디지털 자산 상품을 출시하며 토큰화 시장에 관심을 보이고 있다. 또한 글로벌 금융기관인 JPMorgan Chase는 자체 블록체인 플랫폼을 개발하여 금융 거래의 디지털화를 실험하고 있다.

전통 자산운용사들도 이러한 흐름에 참여하고 있다. 예를 들어 Franklin Templeton은 미국 국채 펀드를 블록체인 기반으로 운영하는 프로젝트를 진행하며 디지털 금융 실험을 이어가고 있다.[07]

---

07   Franklin Templeton은 블록체인 기술을 활용한 디지털 자산 관리 실험을 진행하며 미

이러한 사례는 블록체인이 더 이상 단순한 암호화폐 기술이 아니라 금융 인프라의 일부로 발전하고 있음을 보여준다. 특히 기관 투자자들이 참여하기 시작하면서 자산 토큰화 시장은 더욱 빠르게 성장할 가능성이 높다.

금융기관이 RWA에 관심을 가지는 이유는 분명하다. 블록체인 기술을 활용하면 자산 발행, 거래, 정산 과정에서 효율성을 높일 수 있기 때문이다. 또한 글로벌 투자자들이 하나의 디지털 플랫폼에서 다양한 자산에 접근할 수 있는 환경을 만들 수 있다.

RWA의 등장 배경

RWA가 등장하게 된 배경에는 여러 가지 요인이 있다.

첫 번째는 블록체인상의 데이터/거래 기술의 성숙이다. 초기 블록체인 시스템은 처리 속도와 확장성에서 한계를 가지고 있었다. 하지만 최근에는 기술이 발전하면서 보다 안정적이고 효율적인 네트워크가 등장했다. 이러한 기술적 진보는 자산 토큰화 같은 복잡한 금융시스템을 구현할 수 있는 기반을 마련했다.

두 번째는 디지털 금융의 확대다. 인터넷과 모바일 기술의 발전으로 금융 서비스는 빠르게 디지털화되고 있다. 온라인 투자 플랫폼과 모바

국 국채 기반 펀드를 토큰화하는 프로젝트를 추진한 바 있다. 이러한 시도는 전통 금융 기관이 블록체인 기술을 실제 금융 상품에 적용하려는 대표적인 사례로 평가된다.

일 결제 서비스가 확산이 되면서 투자자들은 보다 편리한 금융 환경을 기대하게 되었다. 이러한 흐름 속에서 블록체인 기반 금융시스템은 자연스럽게 주목받게 되었다.

세 번째는 투자 시장의 변화다. 글로벌 금융시장에서는 새로운 투자 기회를 찾으려는 움직임이 계속되고 있다. 특히 저금리 환경이 지속되면서 투자자들은 다양한 자산군에 관심을 가지게 되었다. 자산 토큰화는 이러한 요구를 충족시킬 수 있는 새로운 투자 방식으로 평가된다.

마지막으로 중요한 요인은 암호화폐 산업의 한계다. 앞서 살펴본 것처럼 암호화폐 시장은 투기 중심 구조와 실물경제와의 단절이라는 문제를 가지고 있었다. 이러한 문제를 해결하기 위해 블록체인 산업은 현실 세계의 자산과 연결되는 새로운 모델을 찾기 시작했다.

그 결과 등장한 것이 바로 RWA(Real World Asset, 실물자산 토큰)이다.

새로운 금융 패러다임

실물자산 토큰화는 단순히 블록체인 기술을 활용한 새로운 투자 상품이 아니다. 이는 금융시스템의 구조 자체를 변화시킬 수 있는 가능성을 가지고 있다.

전통적인 금융 시장에서는 자산 발행, 거래, 정산 과정에 여러 중개 기관이 필요하다. 은행, 증권사, 청산기관, 보관기관 등이 복잡한 네트워크를 형성하며 금융시스템을 운영한다. 그러나 블록체인 기반 시스템에서는 이러한 과정 중 일부를 자동화하거나 단순화할 수 있다.

이러한 변화는 금융 시장의 효율성을 높이고 새로운 투자 기회를 창출할 수 있다. 동시에 글로벌 투자자들이 국경을 넘어 다양한 자산에 접근할 수 있는 환경을 만들 수 있다.

물론 RWA가 모든 문제를 해결할 수 있는 것은 아니다. 법적 제도, 규제 환경, 기술 표준 등 해결해야 할 과제도 여전히 존재한다. 그러나 세계 금융기관과 기술 기업들이 이 분야에 관심을 가지고 있다는 사실은 RWA가 미래 금융의 중요한 방향 중 하나임을 보여준다.

2

RWA의 구조와 원리

제5장. RWA란 무엇인가

Real World Asset의 정의 | 토큰화 구조 | 자산의 디지털화 | 새로운 금융 인프라의 시작

21세기 금융 시장은 빠르게 디지털화되고 있다. 은행 창구에서 이루어지던 거래는 모바일 앱으로 이동했고, 투자 활동 역시 온라인 플랫폼을 통해 이루어지는 경우가 많아졌다. 이러한 변화는 금융 서비스의 편의성을 높였지만, 동시에 새로운 기술 혁신의 가능성도 열어주었다. 그 중심에 있는 기술이 바로 블록체인이며, 그 기술이 금융 산업과 결합하면서 등장한 개념이 RWA (Real World Asset, 실물자산 토큰)이다.

RWA는 단순히 새로운 금융 상품이 아니라 자산의 존재 방식 자체를 바꾸는 개념이다. 전통적으로 자산의 소유권은 종이 문서나 중앙화된 데이터베이스에 기록되었다. 그러나 블록체인 기술은 이러한 기록 방식을 분산된 디지털 장부로 전환할 수 있게 만들었다. 이로 인해

자산의 소유권, 거래 기록, 수익 분배 구조 등을 블록체인 위에서 관리할 수 있는 가능성이 열리게 되었다.

Real World Asset의 정의

RWA는 말 그대로 "현실 세계에 존재하는 자산(Real World Asset)"을 의미한다. 이 개념은 블록체인 산업에서 사용되는 용어로, 실제 경제 활동과 연결된 자산을 디지털 토큰 형태로 표현하는 것을 뜻한다.

여기서 말하는 실물자산은 매우 다양한 형태를 포함한다. 대표적인 예로는 다음과 같은 자산들이 있다.

- 부동산(상업용 건물, 주택, 토지)
- 채권(국채, 회사채)
- 원자재(금, 은, 석유 등)
- 인프라 자산(발전소, 도로, 데이터센터)
- 지식재산권(IP, 음악 저작권, 영화 판권 등)
- 미술품과 유물(블루칩 명화 작품, 고대 도자기 등)
- 탄소배출권(RE100, CE100)

이러한 자산들은 이미 전통 금융 시장에서도 활발하게 거래되고 있다. 하지만 기존 시스템에서는 자산의 거래와 관리가 복잡하고 많은 중개기관을 필요로 한다. 예를 들어 부동산을 거래하려면 법률 절차,

등기 등록, 금융기관의 중개 등이 필요하며 거래 과정도 상당히 길다.

RWA는 이러한 자산을 블록체인 기술을 통해 디지털 토큰 형태로 표현함으로써 거래 구조를 단순화하려는 시도라고 할 수 있다. 즉, 현실 세계의 자산을 디지털 네트워크 위에서 거래할 수 있는 형태로 바꾸는 것이다.

이러한 개념은 최근 글로벌 금융기관과 투자자들 사이에서 큰 관심을 받고 있다. 세계 최대 자산운용사 중 하나인 BlackRock을 비롯한 여러 금융기관들이 자산 토큰화 기술을 적용하여 실험 프로젝트를 진행하여 성공하고 있다.[01]

토큰화 구조

RWA의 핵심은 토큰화(Tokenization)라는 과정이다. 토큰화는 특정 자산의 가치나 소유권을 블록체인 기반의 디지털 토큰으로 변환하는 것을 의미한다. 이 과정은 단순히 데이터를 디지털화하는 것과는 다르다. 토큰화된 자산은 블록체인 네트워크에서 거래 가능한 금융자산으

---

01 BlackRock을 비롯한 글로벌 금융기관들은 블록체인 기반 자산 토큰화 가능성을 연구하고 있으며, 일부 자산운용사들은 실제 금융 상품에 블록체인 기술을 적용하는 실험을 진행하고 있다.

로 기능한다.

일반적인 RWA 토큰화 구조는 다음과 같은 단계로 이루어진다.

1. 자산 식별

첫 번째 단계는 토큰화할 자산을 선정하는 것이다. 이 자산은 실물 자산일 수도 있고, 금융자산일 수도 있다. 예를 들어 부동산 프로젝트, 채권, 미술 작품 등이 대상이 될 수 있다.

2. 법적 구조 설계

토큰화 과정에서 가장 중요한 부분 중 하나는 법적 구조다. 자산의 소유권과 수익 구조를 어떻게 토큰에 연결할 것인지 명확하게 정의해야 한다. 일반적으로 특수목적회사(SPV) 같은 구조를 활용해 자산과 토큰을 연결하는 경우가 많다.

3. 디지털 토큰 발행

자산 구조가 설계되면 블록체인 네트워크에서 디지털 토큰을 발행한다. 이 토큰은 자산의 지분이나 수익권을 나타내는 역할을 한다. 토큰은 스마트 계약을 통해 관리되며 거래 기록도 블록체인에 저장된다.

4. 거래 및 관리

발행된 토큰은 투자자들에게 판매되거나 거래 플랫폼에서 거래될 수 있다. 블록체인 기술을 활용하면 거래 기록이 투명하게 관리되며 정산 과정도 자동화될 수 있다.

이러한 구조는 기존 금융시스템과 비교했을 때 몇 가지 중요한 차이를 가진다. 가장 큰 차이는 거래 과정의 자동화와 투명성이다. 스마트 계약을 활용하면 배당 지급이나 거래 정산 같은 과정이 자동으로 이루어질 수 있다.

또한 블록체인 기반 시스템에서는 거래 기록이 네트워크 전체에 공유되기 때문에 데이터 위조가 매우 어렵다. 이러한 특성은 금융시스템의 신뢰성을 높이는 데 기여할 수 있다.

자산의 디지털화

RWA의 본질은 결국 자산의 디지털화(Digitalization of Assets)라고 할 수 있다. 역사적으로 자산의 형태는 계속 변화해 왔다. 과거에는 금이나 은 같은 실물 자산이 가치 저장 수단으로 사용되었고, 이후에는 종이 증권과 은행 기록이 자산관리의 중심이 되었다.

오늘날 금융시스템에서는 대부분의 자산이 이미 전자 기록 형태로 관리되고 있다. 예를 들어 주식 거래는 전자 시스템을 통해 이루어지며 투자자의 소유권 역시 중앙화된 데이터베이스에 기록된다. 그러나 이러한 시스템은 여전히 중앙기관에 의존하는 구조를 가지고 있다.

블록체인 기반 자산 시스템은 이러한 구조를 바꾸는 새로운 방식이다. 자산 정보를 중앙기관이 아니라 분산 네트워크에서 관리함으로써 보다 투명하고 효율적인 시스템을 구축할 수 있다.

특히 자산 토큰화는 다음과 같은 변화를 가져올 수 있다.

첫째, 투자 시장의 글로벌화다. 블록체인 기반 자산은 인터넷을 통해 전 세계 투자자들이 접근할 수 있다. 이는 자산 시장의 규모를 확대하는 효과를 가져올 수 있다.

둘째, 자산 분할 투자의 가능성이다. 고가 자산을 작은 단위로 나누어 거래할 수 있기 때문에 개인 투자자들도 다양한 자산에 참여할 수 있다.

셋째, 거래 효율성의 향상이다. 블록체인 시스템에서는 거래와 정산 과정이 자동화될 수 있으며 중개기관을 줄일 수 있다.

이러한 변화는 단순히 새로운 투자 상품을 만드는 것이 아니라 금융 시장의 구조 자체를 바꾸는 혁신으로 평가된다.

새로운 금융 인프라의 시작

현재 RWA 시장은 아직 초기 단계에 있다. 기술적 표준과 법적 제도가 완전히 정립된 것은 아니며, 각국 정부와 금융기관들도 다양한 실험을 진행하고 있는 상황이다. 그럼에도 불구하고 많은 전문가들은 자산 토큰화가 향후 금융시스템의 중요한 요소가 될 것으로 전망하고 있다.

특히 글로벌 금융기관들이 이 분야에 관심을 보이기 시작하면서 RWA 시장의 성장 가능성은 더욱 커지고 있다. 전통 금융과 블록체인 기술이 결합하면 기존 금융시스템의 효율성을 높이고 새로운 투자 기회를 창출할 수 있기 때문이다.

다음 장에서는 이러한 RWA 시스템이 실제로 어떤 기술적 기반 위에서 작동하는지 살펴본다.

특히 블록체인, 스마트 계약, 데이터 오라클 같은 기술들이 어떻게 결합 되어 자산 토큰화 생태계를 구성하는지 자세히 분석할 것이다.

제6장. RWA 플랫폼 기술 구조

블록체인 | 스마트 계약(Smart Contract)
오라클 시스템 | 기술의 결합이 만드는 새로운 금융시스템

실물자산 토큰화(RWA)는 단순한 금융 아이디어가 아니라 복합적인 기술 시스템 위에서 작동한다. 현실 세계의 자산을 디지털 토큰 형태로 표현하고 이를 안전하게 거래하려면 여러 가지 기술이 함께 작동해야 한다. 특히 블록체인, 스마트 계약, 오라클 시스템은 RWA 생태계를 구성하는 핵심 기술 요소로 꼽힌다.

이 세 가지 기술은 서로 독립적으로 존재하는 것이 아니라 긴밀하게 연결되어 있다. 블록체인은 자산 거래의 기본 인프라를 제공하고, 스마트 계약은 자동화된 거래 규칙을 실행하며, 오라클 시스템은 현실 세계의 데이터를 블록체인으로 전달하는 역할을 한다. 이 세 요소가 결합 될 때 비로소 현실 세계의 자산을 디지털 네트워크 위에서 안정적으로 운영할 수 있는 환경이 만들어진다.

블록체인

　RWA 시스템의 가장 기본적인 기술은 블록체인이다. 블록체인은 거래 기록을 분산된 네트워크에 저장하는 데이터 관리 기술로, 중앙기관 없이도 신뢰할 수 있는 거래 시스템을 구축할 수 있게 해 준다.

　블록체인의 핵심 특징은 분산성, 투명성, 그리고 불변성이다. 전통적인 금융시스템에서는 거래 기록이 은행이나 중앙기관의 데이터베이스에 저장된다. 하지만 블록체인에서는 거래 기록이 네트워크에 참여하는 여러 컴퓨터에 동시에 저장된다. 이 구조 덕분에 특정 기관이 데이터를 임의로 수정하거나 조작하기 어렵다.

　블록체인 기술이 처음 널리 알려지게 된 계기는 Bitcoin의 등장이다. 비트코인은 중앙은행이나 금융기관 없이도 디지털 화폐를 운영할 수 있다는 가능성을 보여주었다.[02] 이후 블록체인 기술은 금융, 물류, 데이터 관리 등 다양한 산업에서 활용 가능성이 연구되기 시작했다.

　특히 스마트 계약 기능을 지원하는 블록체인 플랫폼의 등장으로 블록체인 활용 범위는 더욱 넓어졌다. 대표적인 플랫폼이 바로 Ethereum이다. 이 플랫폼은 단순한 결제 시스템을 넘어 프로그램 가능한 금융 네트워크라는 개념을 제시했다.[03]

02　Bitcoin은 2009년 등장한 최초의 탈중앙화 디지털 화폐로, 중앙기관 없이도 거래 기록을 관리할 수 있는 블록체인 기술을 대중에게 알린 계기가 되었다.

03　Ethereum은 2015년 출시된 블록체인 플랫폼으로 스마트 계약 기능을 제공하며 탈중앙

RWA 시스템에서 블록체인은 다음과 같은 역할을 수행한다.

첫째, 자산 기록 저장이다. 토큰화된 자산의 소유권 정보와 거래 기록이 블록체인에 저장된다.

둘째, 거래 검증이다. 블록체인 네트워크는 거래가 올바르게 이루어졌는지 검증하는 역할을 한다.

셋째, 투명성 확보다. 거래 기록이 공개된 장부에 저장되기 때문에 참여자들은 거래 정보를 확인할 수 있다.

이러한 특징 덕분에 블록체인은 RWA 시스템에서 신뢰 인프라(Trust Infrastructure) 역할을 수행한다.

스마트 계약(Smart Contract)

RWA 시스템에서 두 번째로 중요한 기술은 스마트 계약이다. 스마트 계약은 블록체인 위에서 자동으로 실행되는 프로그램이다. 특정 조건이 충족되면 미리 정해진 규칙에 따라 거래나 계약이 자동으로 실행된다.

스마트 계약이라는 개념은 컴퓨터 과학자 Nick Szabo가 1990년대에 처음 제안했다.[04] 그는 디지털 기술을 활용해 계약을 자동으로 실

금융과 다양한 블록체인 애플리케이션 개발을 가능하게 했다.

04   Nick Szabo는 스마트 계약 개념을 제안한 컴퓨터 과학자로, 블록체인 이전부터 디지털 계약 자동화 모델을 연구했다.

행할 수 있는 시스템을 구상했다. 그러나 당시에는 이를 구현할 기술적 기반이 부족했다.

블록체인이 등장하면서 스마트 계약 개념은 현실에서 구현되기 시작했다. 특히 이더리움 플랫폼은 스마트 계약 기능을 제공하면서 다양한 디지털 금융 서비스를 가능하게 만들었다.

RWA 시스템에서 스마트 계약은 다음과 같은 기능을 수행한다.

1. 자산 발행 관리

토큰화된 자산은 스마트 계약을 통해 발행된다. 발행 수량, 투자 조건, 수익 분배 구조 등이 프로그램 코드로 정의된다.

2. 거래 자동화

투자자들이 토큰을 구매하거나 판매할 때 스마트 계약이 자동으로 거래를 처리한다. 이 과정에서 별도의 중개기관이 필요하지 않을 수도 있다.

3. 수익 분배

예를 들어 토큰화된 부동산에서 임대 수익이 발생하면 스마트 계약이 투자자들에게 수익을 자동으로 분배할 수 있다.

이러한 자동화 구조는 금융 거래의 효율성을 크게 높일 수 있다. 전통적인 금융시스템에서는 계약 체결, 검증, 정산 과정에 많은 시간이 필요하지만 스마트 계약을 활용하면 이러한 과정이 프로그램 방식으로 실행된다.

다만 스마트 계약에는 새로운 위험 요소도 존재한다. 프로그램 코드에 오류가 있을 경우 예상치 못한 결과가 발생할 수 있기 때문이다. 실제로 일부 블록체인 프로젝트에서는 스마트 계약 취약점으로 인해 자금 손실 사건이 발생하기도 했다.

따라서 RWA 시스템에서는 보안 검증과 코드 감사(audit)가 매우 중요한 요소로 간주 된다.

오라클 시스템

블록체인은 매우 강력한 기술이지만 한 가지 중요한 한계를 가지고 있다. 바로 현실 세계의 데이터를 직접 확인할 수 없다는 점이다. 블록체인은 내부에 기록된 정보만을 처리할 수 있으며 외부 세계의 정보를 스스로 가져올 수 없다.

이 문제를 해결하기 위해 등장한 기술이 바로 오라클(Oracle) 시스템이다.

오라클은 외부 데이터와 블록체인을 연결하는 데이터 전달 시스템이다. 현실 세계에서 발생하는 정보 예를 들어 자산 가격, 금리, 환율, 부동산 가치 등을 블록체인 네트워크로 전달한다.

RWA 시스템에서 오라클은 매우 중요한 역할을 한다. 실물자산 토큰화는 현실 세계의 자산과 연결되어 있기 때문에 외부 데이터를 정확하게 반영해야 한다. 예를 들어 다음과 같은 상황을 생각해 볼 수 있다.

· 부동산 토큰의 가치 평가 / 채권의 이자 지급 일정 / 원자재 가격 변동

이러한 데이터가 블록체인에 전달되어야 스마트 계약이 정상적으로 작동할 수 있다.

대표적인 오라클 네트워크 중 하나가 Chainlink이다. 이 시스템은 다양한 데이터 공급자로부터 정보를 받아 블록체인에 전달하는 역할을 한다.[05] 오라클 네트워크는 여러 데이터 소스를 활용해 정보를 검증함으로써 데이터 조작 위험을 줄이려고 한다.

그러나 오라클 역시 완전히 해결된 기술은 아니다. 데이터 공급자가 잘못된 정보를 제공할 경우 시스템 전체에 영향을 미칠 수 있기 때문이다. 그래서 최근에는 탈중앙 오라클 네트워크와 같은 새로운 방식이 연구되고 있다.

기술의 결합이 만드는 새로운 금융시스템

블록체인, 스마트 계약, 오라클 시스템은 각각 중요한 역할을 수행하지만, RWA 시스템의 진정한 혁신은 이 세 기술이 결합될 때 나타난다.

블록체인은 신뢰할 수 있는 거래 기록을 제공하고, 스마트 계약은

---

05   Chainlink는 블록체인 네트워크에 외부 데이터를 제공하는 탈중앙 오라클 시스템으로 여러 블록체인 프로젝트에서 활용되고 있다.

금융 거래를 자동화하며, 오라클은 현실 세계의 데이터를 시스템에 연결한다. 이러한 구조는 기존 금융시스템과는 다른 새로운 금융 인프라를 형성한다.

이 기술 구조 덕분에 RWA는 단순한 디지털 자산이 아니라 현실 세계의 자산과 직접 연결된 블록체인 기반 금융시스템으로 발전할 수 있다. 그리고 이러한 시스템은 향후 글로벌 금융 시장에서 중요한 역할을 할 가능성이 있다.

다음 장에서는 RWA 시스템이 실제 금융 구조와 어떻게 연결되는지 살펴본다. 특히 자산 발행, 거래 플랫폼, 투자 구조 등 RWA 금융 생태계의 구성 요소를 보다 구체적으로 분석할 것이다.

제7장. 토큰증권, STO와 RWA

토큰증권, 증권형 토큰(STO) | 디지털 증권 | RWA와 STO의 차이 | 금융시장의 다음 단계

토큰증권, 증권형 토큰(STO)

토큰증권은 블록체인 기술을 이용하여 기존 증권을 디지털 토큰 형태로 발행하고 거래하는 방식을 의미한다. 기존 증권이 종이증권, 전자증권 형태로 존재했다면, 토큰증권은 블록체인 기반 디지털 증권이라고 볼 수 있다.

토큰증권은 새로운 금융 상품이 아니라 기존 증권을 디지털 기술로 발행·관리하는 방식의 변화이다.

토큰증권을 활용하면 다음과 같은 장점이 있다.

· 실물자산의 조각 투자 가능 / 거래 효율성 증가 / 투자 접근성 확대 / 글로벌 투자 시장 연결

이 때문에 토큰증권은 미래 금융시장의 핵심 인프라로 주목받고 있다. 이런 토큰증권을 발행, 유통하는 것을 STO(Security Token Offering)라 한다. 일반 가상자산보다 상대적이고 체계적이다. 새로운 형태의 증권이라는 점과 자본시장법 등 제도권 안에 있어 안전하다는 점이 특징이다.

한국에서 토큰증권(Security Token) 제도화는 금융위원회가 2023년 정책을 발표하고, 2026년 1월 법 개정을 통해 2027년 본격적으로 시행될 예정이다.

금융위원회에서는 토큰증권을 다음과 같이 정의했다.
"토큰증권(Security Token)은 증권의 발행·유통 등에 대한 정보를 블록체인 기반 분산원장에 기록하고 관리하는 자본시장법상 증권이다."

토큰증권은 새로운 자산이 아니라 기존 증권을 블록체인 기술로 발행하는 방식
① 자본시장법 개정(자본시장과 금융투자업에 관한 법률) 토큰증권 발행을 명확히 규정
② 전자증권법 개정 분산원장 기반 증권 관리 허용
③ STO 유통시장 구축 증권사 중심의 거래 플랫폼 구축

블록체인 기술이 금융 산업에 도입되면서 여러 가지 새로운 개념이 등장했다. 그중에서도 STO(Security Token Offering)와 RWA(Real

World Asset, 실물자산 토큰)는 자주 함께 언급되는 용어다. 두 개념은 모두 자산을 디지털 토큰 형태로 표현한다는 공통점을 가지고 있지만, 개념의 범위와 목적에서 차이가 있다.

STO는 주로 증권을 블록체인 형태로 발행하는 금융 방식을 의미하며, RWA는 현실 세계의 다양한 자산을 토큰화하는 더 넓은 개념이다. 다시 말해 STO는 RWA 생태계 안에 포함될 수 있는 하나의 금융 모델이라고 볼 수 있다.

이 장에서는 STO가 무엇인지, 디지털 증권이 기존 금융시장에 어떤 변화를 가져오는지, 그리고 RWA와 STO가 어떤 관계에 있는지 살펴본다.

STO(Security Token Offering)는 증권 형태의 자산을 블록체인 기반 토큰으로 발행하는 방식을 의미한다. 쉽게 말해 주식, 채권, 펀드와 같은 금융 증권을 디지털 토큰 형태로 발행하여 투자자들에게 판매하는 것이다.

STO는 초기 암호화폐 시장에서 등장했던 ICO(Initial Coin Offering)와는 성격이 다르다. ICO는 대부분 규제 없이 진행되었고 투자자 보호 장치가 부족한 경우가 많았다. 반면 STO는 증권법과 금융 규제를 준수하면서 발행되는 디지털 자산이라는 점에서 차이가 있다.

STO의 기본 구조는 전통적인 증권 발행과 유사하다. 기업이나 프로젝트가 투자 자금을 조달하기 위해 토큰을 발행하고 투자자들은 해당 토큰을 구매한다. 하지만 토큰은 블록체인 네트워크에서 관리되며 거래 기록도 디지털 장부에 저장된다.

예를 들어 기업이 특정 프로젝트를 위해 100억 원 규모의 자금을 조달하려고 한다고 가정해 보자. 전통적인 방식에서는 주식을 발행하거나 채권을 발행할 수 있다. 그러나 STO 방식에서는 프로젝트의 지분이나 수익권을 나타내는 토큰을 발행할 수 있다.

이 토큰은 투자자에게 다음과 같은 권리를 제공할 수 있다.

배당 수익, 자산 지분, 이자 수익, 프로젝트 수익 참여 STO는 특히 부동산, 인프라, 벤처 투자 같은 분야에서 활용 가능성이 높은 것으로 평가된다. 이러한 자산은 전통적으로 투자 접근성이 제한적이었지만 토큰화를 통해 더 많은 투자자가 참여할 수 있기 때문이다.

디지털 증권

STO가 만들어 낸 가장 중요한 개념 중 하나는 디지털 증권(Digital Securities)이다. 디지털 증권은 블록체인 기술을 활용하여 발행되고 관리되는 증권을 의미한다.

전통적인 금융시스템에서도 증권은 이미 상당 부분 디지털화되어 있다. 주식 거래는 전자 시스템을 통해 이루어지며 투자자의 계좌에 전자 기록으로 저장된다. 그러나 이러한 시스템은 여전히 중앙기관에 의해 운영된다.

예를 들어 주식 거래가 이루어지면 거래 기록은 증권사와 중앙 예탁기관의 데이터베이스에 저장된다. 미국에서는 Depository Trust & Clearing Corporation이 이러한 역할을 수행하고 있으며, 한국에서는 한국예탁결제원이 유사한 기능을 담당한다.[06]

디지털 증권은 이러한 구조를 블록체인 기반 시스템으로 전환하는 것을 목표로 한다. 블록체인에서는 거래 기록이 분산 네트워크에 저장되기 때문에 특정 기관에 대한 의존도를 줄일 수 있다.

디지털 증권의 주요 특징은 다음과 같다.

첫째, 프로그래밍 가능성이다. 스마트 계약을 활용하면 배당 지급, 의결권 행사, 투자 제한 조건 등을 자동으로 관리할 수 있다.

둘째, 거래 효율성이다. 블록체인 기반 시스템에서는 거래와 정산 과정이 단순화될 수 있다.

셋째, 투자 접근성 확대다. 토큰 형태로 발행된 증권은 소액 단위로 분할 거래가 가능하다.

이러한 장점 때문에 여러 국가에서 디지털 증권 시장을 준비하

---

06   Depository Trust & Clearing Corporation은 미국 금융시장 거래의 청산과 결제를 담당하는 핵심 기관으로 주식과 채권 거래 기록을 관리한다.

고 있다. 예를 들어 글로벌 금융기관인 JPMorgan Chase는 블록체인 기반 금융 인프라를 연구하고 있으며, 세계 최대 자산운용사인 BlackRock도 디지털 자산 시장에 적극적으로 참여하고 있다.[07]

RWA와 STO의 차이

RWA와 STO는 서로 밀접한 관계를 가지고 있지만 개념의 범위에서 차이가 있다.

먼저 RWA는 현실 세계의 자산을 블록체인과 연결하는 전체 개념이다. 부동산, 채권, 원자재, 미술품, 지식재산권 등 다양한 자산이 RWA의 대상이 될 수 있다. RWA는 반드시 증권 형태일 필요는 없다.

반면 STO는 증권 성격을 가진 자산의 토큰화 방식을 의미한다. 즉 금융 규제 체계 안에서 발행되는 디지털 증권이다.

이 차이를 간단하게 정리하면 다음과 같다.

구분	RWA	STO
개념 범위	현실 자산 전체	증권형 자산
규제 성격	자산 유형에 따라 다름	증권 규제 적용
목적	실물자산 디지털화	투자 자금 조달
예시	부동산, 금 토큰	디지털 주식, 채권

07　JPMorgan Chase와 BlackRock 등 글로벌 금융기관들은 블록체인 기반 금융 인프라와 디지털 자산 시장을 연구하며 자산 토큰화 가능성을 실험하고 있다.

이 표에서 볼 수 있듯이 STO는 RWA의 한 부분이라고 이해할 수 있다. 예를 들어 부동산을 토큰화할 때 단순한 자산 토큰으로 발행할 수도 있지만, 투자 상품 형태로 구조화하면 STO가 될 수도 있다.

최근 글로벌 금융기관들은 이러한 구조를 활용해 새로운 금융 상품을 개발하고 있다. 예를 들어 채권이나 펀드를 블록체인 기반 토큰 형태로 발행하는 방식이 연구되고 있으며 일부 실험 프로젝트도 진행되고 있다.

금융시장의 다음 단계

STO와 RWA는 단순한 기술 용어가 아니라 금융 산업의 구조적 변화를 보여주는 개념이다. 전통적인 금융시장에서는 자산 발행과 거래 과정에 여러 중개기관이 필요했지만 블록체인 기반 시스템에서는 일부 과정을 자동화할 수 있다.

또한 토큰화 기술을 활용하면 고가 자산을 작은 단위로 나누어 투자할 수 있기 때문에 투자 시장의 참여 범위도 확대될 수 있다.

이러한 변화는 향후 금융시장의 구조를 크게 바꿀 가능성이 있다. 특히 자산 토큰화와 디지털 증권 시장이 성장하면 전통 금융과 블록체인 금융이 점차 통합되는 새로운 금융시스템이 등장할 수 있다.

다음 장에서는 이러한 변화가 실제로 어떤 시장 구조를 만들어 내고 있는지 살펴보겠다. 특히 글로벌 금융기관과 투자자들이 RWA 시장에 어떻게 참여하고 있으며 실제 투자 모델이 어떻게 형성되고 있는지 구체적으로 분석할 것이다.

제8장. 토큰 경제(Token Economy)

토큰의 가치 구조 | 디지털 소유권 | 새로운 투자 방식 | 토큰 경제와 RWA의 결합

블록체인 기술이 등장하면서 금융과 경제의 구조에도 새로운 변화가 나타났다. 그중 가장 중요한 변화 중 하나가 바로 토큰 경제(Token Economy)라는 개념이다. 토큰 경제는 블록체인 네트워크에서 발행되는 디지털 토큰이 경제 활동의 중심 역할을 하는 시스템을 의미한다.

전통적인 경제 시스템에서는 화폐, 주식, 채권 등 다양한 금융자산이 경제 활동을 매개한다. 반면 블록체인 기반 경제에서는 토큰(Token)이 이러한 역할을 수행한다. 토큰은 단순한 디지털 화폐가 아니라 가치 저장, 거래, 권리 증명 등 다양한 기능을 동시에 수행할 수 있는 새로운 형태의 경제 단위다.

RWA 시장에서도 토큰 경제는 매우 중요한 역할을 한다. 실물자산

을 블록체인으로 옮기기 위해서는 해당 자산의 가치와 권리를 토큰 형태로 표현해야 하기 때문이다. 따라서 토큰 경제의 구조를 이해하는 것은 RWA 시스템을 이해하는 데 필수적이다.

토큰의 가치 구조

토큰 경제에서 가장 중요한 질문은 "토큰의 가치는 어디에서 오는가"라는 문제다. 전통적인 화폐는 국가의 신용과 중앙은행의 통화 정책에 의해 가치가 유지된다. 주식은 기업의 성장 가능성과 수익에 기반해 가치가 결정된다.

토큰 역시 일정한 가치 구조(Value Structure)를 가지고 있다. 일반적으로 토큰의 가치는 다음 세 가지 요소에서 형성된다.

1. 네트워크 가치

블록체인 토큰은 특정 네트워크나 플랫폼과 연결되어 있다. 해당 네트워크의 사용자가 많아질수록 토큰의 가치도 높아질 가능성이 있다. 이러한 현상은 네트워크 경제학에서 말하는 네트워크 효과(Network Effect)와 관련이 있다.

예를 들어 Ethereum 네트워크에서는 다양한 탈중앙 애플리케이션과 금융 서비스가 운영되고 있다. 이 네트워크에서 발생하는 거래 수

요는 이더리움 토큰의 가치 형성에 영향을 미친다.[08]

2. 자산 기반 가치

RWA 토큰의 경우 토큰의 가치는 실물자산과 연결되어 있다. 예를 들어 금을 기반으로 발행된 토큰은 금 가격에 따라 가치가 변동할 수 있다. 부동산 토큰 역시 해당 부동산의 가치와 수익 구조에 영향을 받는다.

이러한 구조는 토큰 경제가 단순한 디지털 자산 시장을 넘어 실물 경제와 연결되는 방식을 보여 준다.

3. 유틸리티 가치

일부 토큰은 특정 서비스나 플랫폼에서 사용될 수 있는 유틸리티 기능을 가진다. 예를 들어 네트워크 사용 수수료 지불, 플랫폼 참여 권한, 서비스 이용 등의 기능을 수행한다.

대표적인 사례로 Bitcoin은 가치 저장 수단과 결제 수단이라는 역할을 수행하며 글로벌 디지털 자산 시장에서 중요한 위치를 차지하고 있다. Bitcoin은 세계 최초의 탈중앙 디지털 화폐로 가치 저장 수단과 결제 수단 역할을 수행하며 글로벌 디지털 자산 시장의 핵심 자산으로 평가된다.

---

08   Ethereum은 스마트 계약 기능을 제공하는 대표적인 블록체인 플랫폼으로 탈중앙 금융과 다양한 토큰 경제 모델이 운영되고 있다.

이처럼 토큰의 가치는 단순히 가격 상승 기대만으로 형성되는 것이 아니라 네트워크, 자산, 서비스 기능 등 여러 요소의 결합에 의해 결정된다.

디지털 소유권

토큰 경제가 가져온 가장 중요한 변화 중 하나는 디지털 소유권 (Digital Ownership)이라는 개념이다. 전통적인 인터넷 환경에서는 디지털 콘텐츠의 소유권을 명확하게 정의하기 어려웠다.

예를 들어 음악 파일이나 이미지 파일은 복사가 매우 쉽기 때문에 누가 실제 소유자인지 구분하기 어려웠다. 하지만 블록체인 기술은 디지털 자산의 소유권을 명확하게 기록할 수 있는 시스템을 제공한다.

블록체인 네트워크에서는 모든 거래 기록이 분산된 장부에 저장된다. 따라서 특정 토큰이 누구에게 속해 있는지 누구나 확인할 수 있다. 이러한 구조는 디지털 자산의 소유권을 보다 명확하게 만든다.

이 개념은 이미 여러 분야에서 활용되고 있다. 예를 들어 예술 작품을 디지털 형태로 발행하는 NFT(Non-Fungible Token) 시장은 디지털 소유권 개념을 기반으로 성장했다. 대표적인 NFT 프로젝트로는

Bored Ape Yacht Club과 같은 컬렉션이 있다.[09]

RWA 시장에서도 디지털 소유권은 매우 중요한 의미를 가진다. 예를 들어 부동산을 토큰화하면 해당 부동산의 지분이 블록체인 토큰 형태로 기록된다. 투자자는 토큰을 통해 자산의 일부를 소유할 수 있으며 거래 기록도 투명하게 관리된다.

이러한 시스템은 향후 자산 소유 방식 자체를 변화시킬 가능성을 가지고 있다.

새로운 투자 방식

토큰 경제는 투자 방식에도 큰 변화를 가져오고 있다. 전통적인 금융시장에서는 투자자가 특정 자산에 접근하기 위해 여러 가지 제약을 극복해야 했다. 예를 들어 해외 부동산이나 인프라 프로젝트에 투자하려면 높은 자본과 복잡한 절차가 필요했다.

하지만 토큰화 기술을 활용하면 이러한 자산을 디지털 토큰 형태로 분할 할 수 있다. 투자자는 상대적으로 작은 금액으로도 다양한 자산에 참여할 수 있다.

---

09   Bored Ape Yacht Club은 대표적인 NFT 컬렉션 프로젝트로 블록체인 기반 디지털 소유권 개념이 대중화되는 계기가 되었다.

이러한 변화는 몇 가지 새로운 투자 모델을 만들어 내고 있다.

1. 분할 투자(Fractional Investment)
고가 자산을 작은 단위로 나누어 투자하는 방식이다. 예를 들어 수백억 원 규모의 건물을 수천 개의 토큰으로 나누어 판매할 수 있다.

2. 글로벌 투자
블록체인 기반 자산은 인터넷을 통해 전 세계 투자자들이 접근할 수 있다. 이는 투자 시장의 범위를 크게 확장시킨다.

3. 24시간 거래
전통 금융 시장은 거래 시간이 제한되어 있지만 디지털 자산 시장은 대부분 24시간 거래가 가능하다.

이러한 특징은 투자 시장의 구조를 점차 변화시키고 있다. 특히 젊은 투자자들은 모바일 기반 플랫폼을 통해 디지털 자산 투자에 익숙해지고 있으며 이러한 흐름은 향후 금융시장에도 영향을 미칠 가능성이 높다.

토큰 경제와 RWA의 결합

토큰 경제는 단순한 기술적 개념이 아니라 새로운 경제시스템의 기반이 되고 있다. 특히 RWA와 결합될 경우 토큰 경제는 현실 세계의 자산 시장과 직접 연결된다.

예를 들어 부동산, 채권, 원자재 같은 자산이 토큰화되면 해당 자산은 블록체인 기반 금융 네트워크에서 거래될 수 있다. 이는 전통 금융 시장과 디지털 자산 시장이 점차 통합되는 과정을 의미한다.

현재 이러한 변화는 아직 초기 단계에 있지만 글로벌 금융기관과 기술 기업들이 이 분야에 적극적으로 투자하고 있다는 점에서 향후 성장 가능성이 높다고 평가된다.

다음 장에서는 이러한 토큰화 구조가 실제 금융시장에서 어떻게 활용되고 있는지 살펴보겠다. 특히 글로벌기업들과 금융기관들이 추진하고 있는 RWA 프로젝트 사례를 통해 자산 토큰화의 현실적인 가능성을 분석할 것이다.

제9장. 금융기관이 움직이기 시작하다

세계 금융기관 사례 | BlackRock | JPMorgan Chase
Franklin Templeton | 금융 산업의 변화

오랫동안 블록체인 산업은 전통 금융기관과 일정한 거리를 유지해왔다. 초기 암호화폐 시장은 규제와 제도권 금융의 틀 밖에서 성장했기 때문이다. 그러나 시간이 지나면서 상황이 점차 변화하기 시작했다. 블록체인 기술이 단순한 디지털 화폐 시스템을 넘어 금융 인프라로 활용될 가능성이 제기되면서 세계 주요 금융기관들도 이 기술에 관심을 보이기 시작했다.

특히 실물자산 토큰화(RWA)는 전통 금융기관이 블록체인 기술에 참여하게 된 중요한 계기가 되었다. RWA는 기존 금융자산을 완전히 대체하려는 시도가 아니라, 기존 금융시스템을 디지털 방식으로 확장하고 효율화하려는 접근이기 때문이다.

최근 몇 년 사이 세계적인 자산운용사와 글로벌 은행들이 자산 토큰화 실험을 시작하면서 금융 산업의 분위기는 크게 바뀌고 있다. 세계 최대 규모의 자산운용사부터 글로벌 투자은행에 이르기까지 다양

한 기관들이 블록체인 기반 금융시스템을 연구하고 있으며 일부 프로 젝트는 실제 시장에서 운영되기 시작했다.

이 장에서는 대표적인 글로벌 금융기관들의 사례를 통해 RWA 시장이 어떻게 형성되고 있는지 살펴보겠다.

세계 금융기관 사례

글로벌 금융기관들이 RWA에 관심을 갖는 이유는 여러 가지가 있다.

첫째는 거래 효율성이다. 전통 금융시스템에서는 거래 정산에 상당한 시간이 필요하다. 예를 들어 주식 거래의 경우 실제 정산이 완료되기까지 며칠이 걸리는 경우도 있다. 하지만 블록체인 기반 시스템에서는 거래 기록이 실시간으로 공유되기 때문에 정산 과정을 단축할 수 있다.

둘째는 운영 비용 절감이다. 금융 거래에는 다양한 중개기관이 참여한다. 은행, 증권사, 청산기관, 예탁기관 등이 복잡한 구조를 형성하고 있다. 블록체인 기술은 이러한 구조를 일부 단순화할 수 있는 가능성을 제공한다.

셋째는 새로운 투자 시장이다. 자산 토큰화는 부동산, 인프라, 채권, 원자재 등 다양한 자산을 디지털 네트워크에서 거래할 수 있게 만든다. 이는 금융 기관들에게 새로운 투자 상품과 시장을 제공할 수 있다.

이러한 이유로 세계 주요 금융기관들은 블록체인 기반 금융 인프라를 연구하고 있으며, 일부는 실제 프로젝트를 통해 RWA 시장에 참여하고 있다.

BlackRock

세계 최대 자산운용사 중 하나인 BlackRock은 최근 몇 년 사이 디지털 자산 시장에 적극적으로 참여하기 시작한 대표적인 금융기관이다. 이 회사는 약 수조 달러 규모의 자산을 관리하는 글로벌 금융기업으로, 금융시장에서 매우 큰 영향력을 가지고 있다.

BlackRock이 블록체인 기술에 본격적으로 관심을 보이기 시작한 것은 디지털 자산 시장이 빠르게 성장하기 시작한 시기와 맞물린다. 특히 회사의 최고경영자인 Larry Fink는 여러 공개 발언에서 자산 토큰화가 향후 금융시장에 중요한 역할을 할 가능성이 있다고 언급한 바 있다.[10]

BlackRock은 최근 블록체인 기반 자산 상품을 출시하며 디지털 금융 시장에 진입했다. 이러한 움직임은 전통 금융기관이 블록체인 기술을 단순한 실험 단계가 아니라 실제 금융 서비스로 적용하기 시작했다는 신호로 해석된다.

특히 자산 토큰화는 대형 자산운용사에게 새로운 기회를 제공할 수 있다. 부동산, 채권, 인프라 자산 같은 전통 자산을 디지털 토큰 형태로 발행하면 글로벌 투자자들이 보다 쉽게 접근할 수 있기 때문이다.

BlackRock의 이러한 전략은 RWA 시장이 향후 기관 투자자 중심으

---

10 Larry Fink는 세계 최대 자산운용사 BlackRock의 최고경영자로, 자산 토큰화가 금융 시장의 구조를 변화시킬 가능성에 대해 여러 차례 언급한 바 있다.

로 성장할 가능성을 보여주는 사례로 평가된다.

JPMorgan Chase

글로벌 금융산업에서 블록체인 기술을 가장 적극적으로 연구해 온 기관 중 하나가 바로 JPMorgan Chase다. 이 은행은 세계 최대 규모의 투자은행 중 하나로 다양한 금융 기술 프로젝트를 추진하고 있다.

JPMorgan은 블록체인 기반 금융 인프라 개발을 위해 자체 플랫폼을 구축했으며, 이를 통해 디지털 자산 거래와 금융 서비스 실험을 진행하고 있다. 대표적인 사례가 바로 Onyx라는 블록체인 기반 금융 네트워크다.

이 플랫폼은 기관 투자자들을 위한 디지털 자산 거래와 결제 시스템을 목표로 개발되었다. 특히 금융기관 간 거래에서 발생하는 정산 문제를 해결하기 위해 블록체인 기술을 활용하고 있다.

또한 JPMorgan은 자체 디지털 화폐 프로젝트도 추진했다. 은행 간 결제를 효율적으로 처리하기 위해 JPM Coin이라는 디지털 토큰을 개발한 것이다.[11]

이 프로젝트는 블록체인 기술이 실제 금융 인프라로 활용될 수 있다는 가능성을 보여준 사례로 평가된다. 특히 대형 은행이 자체 디지

---

11 JPM Coin은 JPMorgan Chase가 기관 간 결제 시스템을 위해 개발한 블록체인 기반 디지털 토큰이다.

털 토큰을 활용한 결제 시스템을 구축했다는 점에서 금융 산업에 큰 의미를 가진다.

JPMorgan의 사례는 블록체인 기술이 단순한 암호화폐를 넘어 기관 금융시스템의 일부로 발전할 수 있다는 가능성을 보여 준다.

Franklin Templeton

글로벌 자산운용사 중에서 블록체인 기술을 실제 금융상품에 적용한 대표적인 사례는 Franklin Templeton이다.

Franklin Templeton은 자산운용 분야에서 오랜 역사를 가진 회사로 다양한 투자 상품을 운영하고 있다. 이 회사는 블록체인 기술을 활용해 토큰화된 펀드 상품을 출시하며 디지털 자산 시장에 참여했다.

특히 미국 국채를 기반으로 한 펀드를 블록체인 시스템에서 운영하는 프로젝트를 진행했다. 이 펀드는 투자자의 지분과 거래 기록을 블록체인 네트워크에 기록하는 방식으로 관리 된다.[12]

이러한 구조는 몇 가지 장점을 제공한다.

첫째, 거래 기록이 투명하게 관리된다.
둘째, 투자자의 지분 구조를 효율적으로 관리할 수 있다.

---

12   Franklin Templeton은 블록체인 기술을 활용해 국채 기반 펀드를 운영하는 실험을 진행하며 자산 토큰화 금융 상품을 개발했다.

셋째, 향후 디지털 자산 플랫폼과의 연결 가능성이 있다.

Franklin Templeton의 사례는 자산 토큰화가 단순한 실험이 아니라 실제 금융 상품으로 구현될 수 있다는 가능성을 보여준다.

금융 산업의 변화

세계 주요 금융기관들이 블록체인 기술과 RWA 시장에 관심을 가지기 시작한 것은 단순한 기술 트렌드 때문만은 아니다. 금융 산업은 이미 디지털화의 흐름 속에서 빠르게 변화하고 있으며 새로운 기술을 활용한 금융 서비스가 계속 등장하고 있다.

자산 토큰화는 이러한 변화의 중요한 방향 중 하나로 평가된다. 특히 기관 투자자들이 참여하기 시작하면 시장 규모는 더욱 빠르게 성장할 가능성이 있다.

물론 아직 해결해야 할 과제도 많다. 규제 환경, 기술 표준, 보안 문제 등 다양한 요소가 RWA 시장의 성장에 영향을 미칠 수 있다. 그러나 세계적인 금융기관들이 이 분야에 투자하고 있다는 사실은 자산 토큰화가 미래 금융 시장의 중요한 흐름 중 하나임을 보여준다.

다음 장에서는 이러한 글로벌 금융기관의 움직임과 함께 각국 정부와 규제 기관이 RWA 시장을 어떻게 바라보고 있는지 살펴보겠다. 특히 미국과 유럽, 아시아 국가들의 정책 방향을 통해 디지털 자산 금융의 미래를 분석할 것이다.

3

글로벌 RWA 시장의 등장

제10장. 미국 RWA 금융혁명

국채 토큰 | 기관투자 참여 | 금융시장 변화 | 글로벌 금융의 새로운 흐름

21세기 디지털 금융 혁신의 중심에는 미국 금융시장이 있다. 세계에서 가장 규모가 큰 자본시장과 기술 산업을 동시에 보유한 미국은 블록체인 기술과 디지털 자산 산업에서도 중요한 역할을 하고 있다. 특히 최근 몇 년 사이 실물자산 토큰화(RWA) 분야에서 미국 금융기관과 투자자들이 적극적으로 참여하기 시작하면서 새로운 금융 흐름이 형성되고 있다.

과거 암호화폐 시장은 개인 투자자와 기술 기업 중심으로 성장했다. 그러나 RWA 시장은 상황이 다르다. 이 분야는 국채, 채권, 부동산, 펀드 같은 전통 금융자산을 기반으로 하기 때문에 기관 투자자와 금융기관의 참여가 필수적이다. 실제로 미국에서는 세계적인 자산운용사와 투자은행들이 블록체인 기반 금융시스템을 실험하면서 자산 토큰

화 시장을 확대하고 있다.

이 장에서는 미국에서 진행되고 있는 RWA 금융혁명의 핵심 요소인 국채 토큰화, 기관 투자자의 참여, 그리고 금융시장 구조 변화를 중심으로 살펴본다.

국채 토큰

RWA 시장에서 가장 빠르게 성장하고 있는 분야 중 하나가 바로 국채 토큰(Tokenized Treasury)이다. 국채는 국가가 발행하는 채권으로 비교적 안정적인 투자 자산으로 평가된다. 미국 국채는 세계 금융 시스템에서 가장 중요한 안전 자산 중 하나로 여겨진다.

최근 몇 년 사이 미국 국채를 블록체인 기반 토큰 형태로 발행하거나 운영하려는 프로젝트들이 등장했다. 이러한 시도는 전통적인 채권 시장과 블록체인 기술을 결합하려는 실험이라고 볼 수 있다.

대표적인 사례가 글로벌 자산운용사 Franklin Templeton이 운영하는 블록체인 기반 펀드다. 이 펀드는 미국 국채를 중심으로 투자하는 상품이며 투자자 지분을 블록체인 네트워크에서 관리한다.[01] 이러

---

01   Franklin Templeton은 블록체인 기술을 활용한 국채 기반 투자 펀드를 운영하며 자산 토큰화 금융 상품을 실험하고 있다.

한 구조는 기존 금융시스템과 블록체인 기술을 결합한 초기 형태의 RWA 모델로 평가된다.

또 다른 사례로는 세계 최대 자산운용사인 Black Rock의 디지털 자산 프로젝트가 있다. 이 회사는 블록체인 기술을 활용한 금융 상품 개발을 진행하며 디지털 자산 시장에 적극적으로 참여하고 있다.

국채 토큰화는 몇 가지 중요한 장점을 제공할 수 있다.

첫째, 거래 효율성 향상이다. 블록체인 기반 시스템에서는 거래 기록이 실시간으로 공유되기 때문에 정산 과정이 단순화될 수 있다.

둘째, 투자 접근성 확대다. 토큰화된 채권은 작은 단위로 분할될 수 있기 때문에 더 많은 투자자들이 참여할 수 있다.

셋째, 글로벌 투자 환경이다. 디지털 토큰 형태의 채권은 글로벌 투자 플랫폼에서 거래될 가능성이 있다.

이러한 특징 때문에 국채 토큰 시장은 RWA 산업에서 가장 현실적인 적용 분야 중 하나로 평가된다.

기관투자 참여

RWA 시장이 빠르게 성장할 수 있는 가장 중요한 이유는 기관 투자자의 참여다. 전통적인 금융 시장에서는 대형 자산운용사, 연기금, 투자은행 같은 기관 투자자들이 시장의 핵심 역할을 한다.

과거 암호화폐 시장에서는 이러한 기관들이 적극적으로 참여하지 않았다. 가격 변동성이 크고 규제 환경이 불확실했기 때문이다. 그러

나 RWA 시장은 전통 금융자산을 기반으로 하기 때문에 기관 투자자
들에게 보다 친숙한 환경을 제공한다.

예를 들어 글로벌 투자은행인 JPMorgan Chase는 블록체인 기반
금융 인프라 개발을 위해 여러 프로젝트를 진행하고 있다. 이 은행은
기관 간 결제 시스템을 개선하기 위해 JPM Coin을 개발했으며 블록체
인 기반 금융 네트워크도 운영하고 있다.[02]

또한 미국의 대형 자산운용사들은 디지털 자산시장에 대한 연구를
확대하고 있다. 이러한 움직임은 RWA 시장이 단순한 기술 실험이 아
니라 기관 중심 금융시장으로 발전할 가능성을 보여준다.

기관 투자자들이 참여하면 시장에는 몇 가지 중요한 변화가 나타난다.

첫째, 시장 신뢰도 상승이다. 대형 금융기관의 참여는 투자자들에게
안정감을 제공한다.

둘째, 시장 규모 확대다. 기관 투자자들은 대규모 자금을 운용하기
때문에 시장 성장 속도가 빨라질 수 있다.

셋째, 제도권 금융과의 연결이다. 기관 투자자들이 참여하면 규제
체계와 금융 인프라도 함께 발전할 가능성이 높다.

이러한 요소들은 RWA 시장이 장기적으로 성장할 수 있는 기반이
된다.

---

02   JPMorgan Chase는 기관 간 결제 시스템을 개선하기 위해 JPM Coin을 개발하고 블록체
      인 기반 금융 네트워크를 구축했다.

금융시장 변화

RWA 시장이 발전하면 금융 시장의 구조에도 변화가 나타날 수 있다. 특히 블록체인 기반 금융시스템은 기존 금융 인프라를 일부 재구성할 가능성을 가지고 있다.

전통 금융 시장에서는 자산 발행, 거래, 정산 과정에 여러 기관이 참여한다. 예를 들어 주식 거래의 경우 증권사, 거래소, 청산기관, 예탁기관 등이 복잡한 네트워크를 형성하고 있다.

하지만 블록체인 기반 시스템에서는 거래 기록과 자산관리가 하나의 디지털 네트워크에서 이루어질 수 있다. 스마트 계약을 활용하면 거래 정산 과정도 자동화될 수 있다.

이러한 변화는 금융 시장의 효율성을 높일 수 있다. 또한 글로벌 투자자들이 동일한 플랫폼에서 다양한 자산을 거래할 수 있는 환경을 만들 수도 있다.

미국 금융시장은 이러한 변화의 실험장이 되고 있다. 기술 기업, 금융기관, 투자자들이 함께 참여하면서 새로운 금융 모델이 등장하고 있기 때문이다.

물론 이러한 변화가 단기간에 이루어지기는 어렵다. 금융시스템은 매우 복잡하고 규제 환경도 엄격하기 때문이다. 그러나 디지털 기술이 금융 산업에 미치는 영향이 계속 확대되고 있다는 점에서 RWA 시장은 향후 중요한 성장 분야가 될 가능성이 있다.

글로벌 금융의 새로운 흐름

미국에서 시작된 RWA 실험은 점차 다른 국가로 확산이 되고 있다. 유럽 금융기관들도 자산 토큰화 프로젝트를 진행하고 있으며 아시아에서도 관련 연구가 활발하게 이루어지고 있다.

특히 각국 정부와 중앙은행이 디지털 금융 정책을 검토하면서 자산 토큰화 시장은 더욱 주목받고 있다. 이러한 흐름은 향후 글로벌 금융 시스템이 디지털 기반 자산 시장으로 점차 이동할 가능성을 보여준다.

다음 장에서는 미국에 이어 유럽 지역에서 진행되고 있는 RWA 시장의 발전 상황을 살펴보겠다. 유럽은 비교적 명확한 디지털 자산 규제를 도입하면서 블록체인 금융 산업을 제도권 안으로 편입하려는 움직임을 보이고 있다.

제11장. 유럽의 디지털 증권 시장

STO 거래소 | 금융 규제 혁신 | 유럽이 만드는 디지털 금융 모델

유럽은 디지털 금융 규제와 자산 토큰화 정책에서 세계적으로 가장 체계적인 접근을 보여 준 지역 중 하나다. 미국이 민간 금융기관 중심으로 블록체인 금융 실험을 진행하고 있다면, 유럽은 규제 체계와 제도적 기반을 먼저 구축하면서 디지털 자산 시장을 발전시키는 전략을 선택했다.

특히 유럽연합(EU)은 디지털 금융 산업을 장기적인 금융 전략의 일부로 보고 있다. 이러한 정책 방향 속에서 디지털 증권 시장, 증권형 토큰(STO), 그리고 자산 토큰화(RWA)가 중요한 금융 혁신 분야로 떠오르고 있다.

유럽의 디지털 자산 정책에서 가장 주목받는 것은 명확한 규제 프레임워크다. 유럽연합은 디지털 자산 시장을 제도권 금융시스템 안으

로 통합하기 위해 다양한 규제 정책을 추진하고 있다. 대표적인 사례가 바로 Markets in Crypto-Assets Regulation(MiCA)이다. 이 규제는 암호화 자산과 관련 서비스에 대한 공통 규칙을 마련해 유럽 전역에서 일관된 시장 환경을 구축하려는 목적을 가지고 있다.[03]

이러한 정책은 유럽이 블록체인 기반 금융 시장에서 안정성과 제도적 신뢰를 동시에 확보하려는 전략을 보여준다.

STO 거래소

유럽에서 디지털 증권 시장이 성장할 수 있었던 이유 중 하나는 STO 거래소의 등장이다. STO 거래소는 블록체인 기반 증권을 발행하고 거래할 수 있도록 설계된 금융 플랫폼이다.

전통적인 증권 거래소에서는 주식과 채권 같은 금융자산이 거래된다. 반면 STO 거래소에서는 블록체인 기반 증권 토큰이 거래된다. 이러한 토큰은 기업 지분, 채권, 펀드, 부동산 같은 다양한 자산을 나타낼 수 있다.

유럽에서는 몇몇 금융기관과 거래소가 이러한 디지털 증권 시장을 실험하고 있다. 대표적인 사례 중 하나가 SIX Digital Exchange(SDX)

---

03   Markets in Crypto-Assets Regulation(MiCA)는 유럽연합이 도입한 암호화 자산 규제로 디지털 자산 발행과 서비스 제공에 대한 공통 규칙을 제시한다.

다. 이 플랫폼은 스위스 금융시장 인프라 기업이 구축한 디지털 자산 거래소로, 블록체인 기반 증권 발행과 거래를 지원하는 시스템을 제공한다.[04]

또 다른 사례로는 독일 금융기관이 운영하는 Boerse Stuttgart Digital Exchange가 있다. 이 플랫폼은 디지털 자산 거래 서비스를 제공하며 유럽의 디지털 금융 생태계에서 중요한 역할을 하고 있다.[05]

이러한 거래소들은 기존 금융시장의 구조를 유지하면서도 블록체인 기술을 도입하는 방식으로 운영되고 있다. 즉, 완전히 새로운 금융 시스템을 만드는 것이 아니라 전통 금융과 디지털 금융을 연결하는 구조를 구축하고 있는 것이다.

STO 거래소의 등장으로 기업과 투자자들은 다음과 같은 새로운 기회를 얻게 되었다.

첫째, 디지털 방식의 자산 발행이다. 기업은 블록체인 기반 토큰을 통해 자금을 조달할 수 있다.

둘째, 투자 시장 확대다. 디지털 증권은 글로벌 투자자들이 참여할 수 있는 환경을 제공할 수 있다.

셋째, 거래 효율성이다. 블록체인 기반 거래 시스템은 정산 과정을

---

04 SIX Digital Exchange(SDX)는 스위스 금융 인프라 기업이 구축한 블록체인 기반 디지털 자산 거래소로 증권 토큰 발행과 거래를 지원한다.

05 Boerse Stuttgart Digital Exchange는 독일 금융기관이 운영하는 디지털 자산 거래 플랫폼으로 유럽 디지털 금융 시장의 주요 인프라 중 하나다.

단순화할 수 있다.

이러한 요소들은 STO 시장이 RWA 산업의 중요한 기반이 될 가능성을 보여준다.

금융 규제 혁신

유럽이 디지털 금융 시장에서 주목받는 또 다른 이유는 규제 혁신이다. 금융 산업은 매우 강력한 규제 환경 속에서 운영되기 때문에 새로운 기술이 등장하더라도 제도적 기반이 마련되지 않으면 시장이 성장하기 어렵다.

유럽연합은 이러한 문제를 해결하기 위해 여러 정책을 도입하고 있다. 대표적인 정책이 바로 Markets in Crypto-Assets Regulation(MiCA)다. 이 규제는 암호화 자산 발행자와 서비스 제공자에 대한 규칙을 정의하며 투자자 보호와 금융 안정성을 동시에 확보하려는 목적을 가지고 있다.[06]

또한 유럽에서는 금융 혁신을 촉진하기 위해 규제 샌드박스(Regulatory Sandbox) 제도를 도입한 국가들도 있다. 이 제도는 새로운 금융 기술을 일정 기간 규제 부담 없이 실험할 수 있도록 허용하는

---

06   Markets in Crypto-Assets Regulation은 투자자 보호, 시장 투명성, 금융 안정성을 목
      표로 한 유럽연합의 디지털 자산 규제 체계다.

정책이다.

이러한 정책 덕분에 유럽에서는 다양한 블록체인 금융 프로젝트가 등장하고 있다. 특히 자산 토큰화 분야에서는 부동산, 채권, 펀드 같은 자산을 디지털 토큰 형태로 발행하려는 시도가 이루어지고 있다.

유럽 금융 정책의 특징은 기술 혁신과 규제 안정성을 동시에 추구한다는 점이다. 완전히 규제를 풀기보다는 명확한 규칙을 마련하여 시장 참여자들이 안정적으로 사업을 진행할 수 있도록 하는 전략이다.

유럽이 만드는 디지털 금융 모델

유럽의 디지털 증권 시장은 아직 초기 단계에 있지만 몇 가지 중요한 특징을 보여준다.

첫째, 제도 중심 발전이다. 유럽은 규제와 정책을 통해 디지털 자산 시장을 체계적으로 발전시키고 있다.

둘째, 전통 금융과의 통합이다. 블록체인 기술을 기존 금융 인프라에 통합하는 방향으로 발전하고 있다.

셋째, 기관 중심 시장이다. 개인 투자자보다 금융기관과 기업 중심으로 시장이 형성되고 있다.

이러한 특징은 향후 글로벌 RWA 시장이 어떤 방향으로 발전할 수 있는지를 보여주는 중요한 사례다. 특히 규제와 기술이 함께 발전할 때 디지털 금융 산업이 안정적으로 성장할 수 있다는 점을 보여 준다.

제12장. 아시아 금융허브 경쟁

싱가포르 | 홍콩 | 일본 | 아시아 금융허브 경쟁의 의미 | 새로운 글로벌 금융 지도

세계 금융 산업이 디지털 전환을 경험하면서 아시아 주요 금융 도시들도 새로운 경쟁에 들어갔다. 과거 금융허브 경쟁이 은행, 자본시장, 무역금융 중심이었다면, 최근에는 디지털 자산과 블록체인 금융이 새로운 경쟁 영역으로 떠오르고 있다. 특히 RWA(실물자산 토큰화)와 디지털 증권 분야는 아시아 금융허브들의 전략적 핵심 산업이 되고 있다.

아시아에서 가장 적극적으로 움직이는 금융 중심지는 싱가포르, 홍콩, 일본이다. 이 세 지역은 각기 다른 정책과 금융 전략을 통해 디지털 금융 시장을 구축하고 있으며, 글로벌 투자자와 금융기업을 유치하기 위해 경쟁하고 있다.

이 장에서는 아시아 주요 금융허브들이 RWA와 디지털 금융 시장을 어떻게 구축하고 있는지 살펴본다.

싱가포르

아시아에서 디지털 금융 정책을 가장 적극적으로 추진하는 국가 중 하나가 Singapore다. 싱가포르는 글로벌 금융허브로서 새로운 금융 기술을 적극적으로 도입하며 금융 산업의 경쟁력을 강화해 왔다.

싱가포르의 금융 정책을 이끄는 핵심 기관은 Monetary Authority of Singapore(MAS)이다. 이 기관은 중앙은행과 금융 감독기관 역할을 동시에 수행하며 디지털 금융 정책을 적극적으로 추진하고 있다.

MAS는 블록체인 기반 금융시스템을 연구하기 위해 여러 프로젝트를 진행하고 있다. 대표적인 사례가 Project Guardian이다. 이 프로젝트는 금융기관과 기술 기업이 협력하여 자산 토큰화와 디지털 금융 인프라를 실험하는 프로그램이다.[07]

이 프로젝트에는 글로벌 금융기관들이 참여하고 있으며 블록체인 기반 채권, 펀드, 외환 거래 등 다양한 금융 서비스를 시험하고 있다. 이러한 실험은 싱가포르가 디지털 금융 시장에서 실제 적용 가능한 모델을 구축하려는 전략을 보여준다.

싱가포르의 또 다른 특징은 규제 친화적인 환경이다. 정부는 디지털 자산기업들이 안정적으로 사업을 운영할 수 있도록 비교적 명확한 규제 체계를 마련했다. 이 때문에 많은 글로벌 블록체인 기업과 핀테

---

07 Project Guardian은 싱가포르 금융당국이 추진하는 블록체인 기반 금융 프로젝트로 자산 토큰화와 디지털 금융 서비스를 실험하는 프로그램이다.

크 기업들이 싱가포르를 아시아 거점으로 선택하고 있다.

홍콩

아시아 금융시장에서 싱가포르와 가장 치열하게 경쟁하는 금융 중심지는 Hong Kong이다. 홍콩은 오랫동안 아시아 자본시장의 중심지 역할을 해 왔으며 글로벌 금융기관들이 집중된 도시다.

최근 홍콩 정부는 디지털 자산 시장을 새로운 성장 산업으로 보고 적극적인 정책을 추진하고 있다. 특히 홍콩의 금융 감독기관인 Securities and Futures Commission(SFC)은 디지털 자산 거래소와 투자 서비스에 대한 규제 체계를 구축하고 있다.[08]

홍콩 정부는 블록체인 금융과 자산 토큰화를 활용해 국제 금융 중심지로서의 경쟁력을 강화하려 하고 있다. 특히 중국 본토와 글로벌 금융시장을 연결하는 역할을 수행할 수 있다는 점에서 홍콩의 전략은 매우 중요한 의미를 가진다.

또한 홍콩은 디지털 채권 발행과 같은 프로젝트를 통해 블록체인 기반 금융시스템을 실험하고 있다. 이러한 프로젝트는 금융기관들이 블록체인 기술을 실제 금융 서비스에 적용할 수 있는 가능성을 보여

---

08   Securities and Futures Commission은 홍콩 금융 시장을 감독하는 기관으로 디지털 자산 거래소와 투자 서비스에 대한 규제 정책을 추진하고 있다.

준다.

홍콩의 전략은 싱가포르와 약간 차이가 있다. 싱가포르가 핀테크와 혁신 중심 정책을 추진하고 있다면 홍콩은 전통 금융시장과의 연결을 강조하는 전략을 선택하고 있다.

일본

아시아에서 또 하나 중요한 금융시장은 Japan이다. 일본은 비교적 이른 시기부터 암호화폐 규제를 도입한 국가 중 하나로 블록체인 산업에 대한 제도적 기반을 구축해 왔다.

일본 금융 정책을 담당하는 기관은 Financial Services Agency(FSA)이다. 이 기관은 디지털 자산 거래소와 관련 서비스에 대한 규제를 관리하며 금융시스템의 안정성을 유지하고 있다.[09]

일본 금융기관들은 특히 디지털 증권(STO) 분야에 큰 관심을 가지고 있다. 일본에서는 일부 금융 그룹들이 블록체인 기반 증권 발행 플랫폼을 개발하고 있으며, 부동산과 투자 펀드를 토큰화하는 프로젝트도 등장하고 있다.

대표적으로 일본 금융 그룹인 SBI Holdings은 디지털 증권 플랫폼

---

09   Financial Services Agency는 일본 금융 규제를 담당하는 기관으로 암호화폐와 디지털
     자산 시장을 관리한다.

을 구축하고 자산 토큰화 사업을 추진하고 있다. 이 회사는 블록체인 기술을 활용한 금융 서비스 개발에 적극적으로 투자하고 있으며 일본 디지털 금융 시장의 핵심 기업 중 하나로 평가 된다.[10]

일본의 특징은 대형 금융기관 중심 시장이라는 점이다. 많은 프로젝트가 기존 은행과 증권회사를 중심으로 진행되고 있으며 비교적 안정적인 금융 환경을 기반으로 시장이 형성되고 있다.

아시아 금융허브 경쟁의 의미

싱가포르, 홍콩, 일본은 각각 다른 방식으로 디지털 금융 시장을 구축하고 있지만 공통점도 있다. 바로 자산 토큰화와 디지털 증권 시장이 미래 금융 산업의 중요한 분야라는 인식이다.

이 세 지역의 전략을 비교하면 다음과 같은 특징이 나타난다.

지역	전략
싱가포르	금융 혁신과 핀테크 중심
홍콩	글로벌 자본시장 연결
일본	대형 금융기관 중심

10　SBI Holdings은 일본의 대표적인 금융 그룹으로 디지털 증권 플랫폼과 블록체인 금융 사업을 추진하고 있다.

이러한 경쟁은 아시아 금융시장의 구조에도 영향을 미칠 가능성이 있다. 특히 RWA와 디지털 증권 시장이 성장하면 글로벌 투자자들이 다양한 금융허브를 통해 자산 토큰화 시장에 참여할 수 있게 된다.

또한 아시아 금융허브 경쟁은 각국 정부가 디지털 금융 정책을 얼마나 적극적으로 추진하는지를 보여 주는 사례이기도 하다.

새로운 글로벌 금융 지도

아시아 금융허브 경쟁은 단순히 지역 경제의 문제가 아니다. 이는 세계 금융시스템이 디지털 자산 기반 시장으로 이동하고 있다는 신호이기도 하다.

과거 금융 중심지는 뉴욕, 런던, 도쿄 같은 전통 금융 도시들이었지만 디지털 금융 시대에는 새로운 중심지가 등장할 가능성도 있다. 특히 블록체인 기반 금융시스템은 국경을 넘는 거래를 쉽게 만들기 때문에 글로벌 금융 구조에도 변화가 나타날 수 있다.

제13장. 중동의 RWA 전략

두바이 부동산 토큰화 | 국부펀드 참여
중동 RWA 전략의 특징 | 새로운 글로벌 자산 시장

최근 몇 년 사이 중동 지역은 디지털 금융 산업에서 가장 빠르게 성장하는 지역 중 하나로 떠오르고 있다. 특히 블록체인 기술과 디지털 자산 산업에 대한 정부의 적극적인 정책 지원은 중동 금융시장의 새로운 변화를 이끌고 있다.

그 중심에는 Dubai가 있다. 두바이는 이미 글로벌 금융허브로 자리잡은 도시이며, 최근에는 블록체인 기반 금융과 RWA(실물자산 토큰화) 분야에서도 중요한 중심지로 성장하고 있다.

중동 국가들은 석유 중심 경제에서 벗어나기 위해 금융, 기술, 디지털 산업을 미래 성장 산업으로 육성하고 있다. 이러한 전략 속에서 자산 토큰화는 매우 중요한 역할을 한다. 특히 부동산과 인프라 자산이 풍부한 중동 경제 구조는 RWA 시장과 매우 잘 맞는 특징을 가지고 있다.

두바이 부동산 토큰화

중동 RWA 시장에서 가장 주목받는 분야는 부동산 토큰화다. 두바이는 세계적으로 유명한 부동산 시장을 보유하고 있으며 글로벌 투자자들이 활발하게 참여하는 도시다.

최근 두바이 정부는 부동산 거래와 투자 시장에 블록체인 기술을 도입하려는 정책을 추진하고 있다. 이러한 정책을 담당하는 기관 중 하나가 Dubai Land Department이다. 이 기관은 부동산 거래 기록을 디지털화하고 블록체인 기술을 활용한 부동산 관리 시스템을 연구하고 있다.[11]

부동산 토큰화는 부동산 자산을 블록체인 기반 디지털 토큰 형태로 발행하는 것을 의미한다. 예를 들어 하나의 건물이나 호텔 같은 부동산 자산을 여러 개의 토큰으로 나누어 투자자들이 공동으로 투자할 수 있게 만드는 구조다.

이러한 방식은 몇 가지 중요한 장점을 가지고 있다.

첫째, 투자 접근성 확대다. 기존 부동산 투자는 높은 자본이 필요하지만 토큰화된 부동산은 작은 단위로 투자할 수 있다.

둘째, 유동성 증가다. 부동산은 일반적으로 거래가 느린 자산이지만 토큰 형태로 발행되면 디지털 플랫폼에서 거래가 가능할 수 있다.

셋째, 글로벌 투자 확대다. 디지털 토큰 형태의 부동산 자산은 전 세

11　Dubai Land Department는 두바이 부동산 시장을 관리하는 정부 기관으로 부동산 거래 시스템의 디지털화와 블록체인 활용을 추진하고 있다.

계 투자자들이 참여할 수 있는 시장을 만들 수 있다.

두바이 정부는 이러한 장점을 활용하여 도시의 부동산 시장을 글로벌 디지털 투자 플랫폼으로 발전시키려 하고 있다.

또한 두바이는 블록체인 기업과 핀테크 기업을 유치하기 위해 다양한 정책을 추진하고 있다.

대표적인 기관이 Dubai Virtual Assets Regulatory Authority(VARA)다. 이 기관은 디지털 자산 산업을 감독하기 위해 설립된 규제 기관으로 블록체인 기업들이 안정적으로 사업을 운영할 수 있는 환경을 구축하고 있다.[12]

국부펀드 참여

중동 RWA 시장에서 또 하나 중요한 요소는 국부펀드(Sovereign Wealth Fund)의 참여다. 중동 국가들은 막대한 석유 수익을 바탕으로 세계 최대 규모의 국부펀드를 운영하고 있다.

대표적인 국부펀드 중 하나가 Abu Dhabi Investment Authority(ADIA)다. 이 펀드는 수천억 달러 규모의 자산을 운용하며 세계 금융 시장에 투자하고 있다.[13]

---

12   Dubai Virtual Assets Regulatory Authority(VARA)는 두바이 디지털 자산 산업을 감독하기 위해 설립된 규제 기관이다.

13   Abu Dhabi Investment Authority는 세계 최대 규모의 국부펀드 중 하나로 글로벌 금융

또 다른 대표적인 국부펀드는 Public Investment Fund(PIF)다. 이 펀드는 Saudi Arabia 정부가 운영하는 투자 기관으로 글로벌 기술 기업과 금융 산업에 대규모 투자를 진행하고 있다.

국부펀드의 참여는 RWA 시장에서 매우 중요한 의미를 가진다. 이유는 다음과 같다.

첫째, 대규모 자본 공급이다. 국부펀드는 세계에서 가장 큰 투자 기관 중 하나이며, 자산 토큰화 프로젝트에 막대한 자금을 투자할 수 있다.

둘째, 장기 투자 성격이다. 국부펀드는 단기 수익보다 장기적인 산업 발전을 고려하는 투자 전략을 가지고 있다.

셋째, 국가 전략 산업과의 연결이다. 중동 국가들은 디지털 금융 산업을 국가 경제 다각화 전략의 핵심 산업으로 보고 있다.

이러한 이유 때문에 중동 지역에서는 블록체인 금융 프로젝트와 디지털 자산 기업들이 국부펀드 투자 대상이 되고 있다.

중동 RWA 전략의 특징

중동 지역의 RWA 전략은 몇 독특한 특징을 가진다.

첫째, 정부 주도 시장이다. 많은 프로젝트가 정부 정책과 국가 전략 산업의 일부로 추진되고 있다.

시장에 대규모 투자를 진행하고 있다.

둘째, 부동산 중심 시장이다. 중동 경제 구조상 부동산과 인프라 자산이 중요한 투자 대상이기 때문이다.

셋째, 대규모 자본 투자다. 국부펀드의 참여로 인해 다른 지역보다 더 큰 자금이 투입될 가능성이 있다.

이러한 특징은 중동이 단기간에 글로벌 디지털 금융 시장에서 중요한 역할을 할 수 있는 이유가 된다.

새로운 글로벌 자산 시장

중동의 RWA 전략은 글로벌 금융시장에도 중요한 영향을 미칠 수 있다. 특히 부동산 토큰화와 같은 분야는 글로벌 투자자들에게 새로운 투자 기회를 제공할 가능성이 있다.

또한 국부펀드의 참여는 디지털 자산 시장의 규모를 크게 확대할 수 있는 요소다. 막대한 자본을 보유한 투자 기관이 시장에 참여하면 산업 성장 속도가 빨라질 수 있기 때문이다. 이러한 흐름 속에서 중동은 미국, 유럽, 아시아와 함께 새로운 디지털 금융 중심지로 자리 잡으려 하고 있다.

제14장. 세계 RWA 시장 규모

현재 시장 규모 | 성장 전망 | 2030 금융지도 | 새로운 금융 질서

실물자산 토큰화(RWA)는 최근 몇 년 사이 글로벌 금융시장에서 가장 빠르게 주목받는 분야 중 하나다. 블록체인 기술을 통해 부동산, 채권, 펀드, 대출, 원자재 같은 실제 자산을 디지털 토큰 형태로 발행하고 거래할 수 있게 되면서 금융 산업의 구조 변화가 시작되고 있다.

특히 2023년 이후 글로벌 금융기관과 자산운용사들이 적극적으로 참여하면서 RWA 시장은 단순한 실험 단계를 넘어 제도권 금융 산업의 새로운 영역으로 발전하고 있다. 이 장에서는 현재 RWA 시장 규모와 향후 성장 전망, 그리고 2030년 금융 지형 변화를 살펴본다.

현재 시장 규모

현재 RWA 시장은 아직 초기 단계이지만 빠른 속도로 성장하고 있

다. 여러 연구기관과 데이터 플랫폼에 따르면 2026년 기준 온체인 RWA 시장 규모는 약 240억 달러 수준으로 추정된다. 이 수치는 최근 몇 년 사이 급격히 증가한 것이다.

2024년 초 약 85억 달러 수준이던 시장은 2025년에는 약 150억 달러, 2026년에는 약 240억 달러로 확대되었다. 이는 연간 약 180% 이상의 성장률을 보여주는 매우 빠른 성장 속도다.

현재 RWA 시장에서 가장 큰 비중을 차지하는 자산은 다음과 같다.

자산 유형	주요 특징
토큰화 국채	가장 빠르게 성장
프라이빗 크레딧	현재 시장 최대 규모
부동산	장기 성장 잠재력
펀드 및 채권	기관 중심 시장

특히 프라이빗 크레딧(private credit) 분야가 가장 큰 비중을 차지하고 있으며, 토큰화된 국채(tokenized treasury) 시장이 가장 빠르게 성장하고 있다.

이러한 성장의 배경에는 다음과 같은 요인이 있다.

· 글로벌 금융기관 참여 / 블록체인 기술 발전 / 규제 환경 개선 / 기관 투자자의 관심 증가

특히 대형 금융기관의 참여는 시장 성장의 중요한 전환점이 되고 있다.

성장 전망

RWA 시장의 미래 규모에 대해서는 다양한 전망이 존재한다. 연구기관과 투자은행들은 서로 다른 가정을 바탕으로 여러 시나리오를 제시하고 있다.

가장 보수적인 전망은 글로벌 컨설팅 기업 McKinsey & Company의 분석이다. 이 보고서에 따르면 2030년까지 토큰화 자산 시장은 약 2조 달러 규모에 이를 것으로 예상된다.

하지만 보다 낙관적인 전망도 존재한다. 글로벌 투자은행과 연구기관들은 토큰화 시장이 더 빠르게 성장할 것으로 보고 있다.

대표적인 전망은 다음과 같다.

기관	2030 전망
McKinsey & Company	약 2조 달러
Boston Consulting Group	약 16조 달러
Standard Chartered	약 30조 달러 (2034년)

실제로 일부 보고서는 2030년까지 RWA 시장이 약 16조 달러 규모로 성장할 가능성을 제시하고 있다.

이러한 전망 차이는 시장 성장 속도에 대한 가정이 다르기 때문이다. 특히 다음 요소들이 시장 확대에 중요한 영향을 미칠 것으로 예상된다.

• 금융 규제 정비 / 기관투자 참여 확대 / 글로벌 금융 인프라 구축 / 디지털 자산 시장 안정화

현재 많은 금융기관들이 "실험 단계→실제 금융상품 단계"로 이동하고 있다는 점은 중요한 변화다.

2030 금융지도

RWA 시장이 성장하면 세계 금융 구조에도 큰 변화가 나타날 수 있다. 특히 자산 발행과 거래 방식이 크게 바뀔 가능성이 있다.

현재 금융시스템에서는 자산 발행과 거래 과정에 여러 기관이 참여한다. 현재의 금융에서는 자산 발행부터 거래까지 많은 기관이 참여하는 다층구조가 된다.

예를 들어
• 은행 / 증권사 / 거래소 / 청산기관 / 예탁기관 / 투자자

이러한 복잡한 구조는 금융시스템의 안정성을 유지하지만 동시에 거래 비용과 시간 문제를 발생시키기도 한다.

하지만 블록체인 기반 자산 토큰화 시스템에서는 다음과 같은 변화가 일어나는데 RWA 토큰화가 진행되면 금융 인프라가 블록체인 위에서 작동하는 단순구조가 된다.

1. 디지털 자산 발행

　기업이나 기관이 자산을 직접 토큰 형태로 발행할 수 있다.

2. 글로벌 투자 시장

　토큰화 자산은 국경을 넘어 거래될 가능성이 있다.

3. 실시간 금융 인프라

　스마트 계약을 활용하면 거래와 정산이 자동화될 수 있다.

　이러한 변화는 금융 산업의 효율성을 크게 높일 수 있는 단순구조로 이루어진다.

　특히 다음 자산들이 RWA 시장의 핵심이 될 가능성이 높다. 채권, 펀드, 대출 시장은 토큰화 적용 가능성이 높은 자산으로 평가된다.

핵심 자산	성장 가능성
국채	매우 높음
펀드	높음
대출	높음
부동산	장기 성장
원자재	중장기

새로운 금융 질서

RWA 시장은 단순히 새로운 투자 상품을 만드는 것이 아니라 금융 시스템 자체를 변화시키는 기술일 가능성이 있다.

과거 금융 혁신은 보통 특정 산업에만 영향을 미쳤다. 그러나 블록체인 기반 금융 기술은 금융 인프라 전체를 바꿀 수 있는 잠재력을 가지고 있다.

특히 다음과 같은 변화가 예상된다.

· 금융시장의 디지털화 / 글로벌 투자 시장 확대 / 자산 거래 효율성 증가 / 새로운 투자 상품 등장

결국 RWA 시장은 "디지털 금융 시대의 새로운 자본시장"을 만드는 과정이라고 볼 수 있다.

현재 시장 규모는 아직 작지만 성장 속도는 매우 빠르다. 그리고 많은 금융기관들이 이미 이 변화에 대비하고 있다.

4

돈이 되는 RWA 산업

제15장 부동산 토큰화

빌딩 투자 혁명 | 분할 소유권 | 글로벌 사례
부동산 시장의 구조 변화 | 가장 큰 RWA 시장

RWA(실물자산 토큰화) 산업 가운데 가장 먼저 현실화가 되고 가장 큰 잠재력을 가진 분야는 부동산 토큰화다. 부동산은 전통적으로 가장 큰 규모의 자산 시장이며, 동시에 투자 접근성이 가장 제한된 자산 중 하나였다. 높은 투자금, 복잡한 거래 절차, 낮은 유동성은 부동산 시장의 대표적인 특징이었다.

하지만 블록체인 기술과 디지털 자산 시스템이 등장하면서 이러한 구조가 변화하기 시작했다. 부동산을 블록체인 기반 토큰 형태로 발행하면 자산을 작은 단위로 나눌 수 있고 글로벌 투자자들이 참여할 수 있는 새로운 투자 시장이 만들어질 수 있다.

이러한 흐름은 단순한 기술 실험이 아니라 부동산 투자 방식 자체를 변화시키는 혁명으로 평가된다. 이 장에서는 부동산 토큰화가 어떻게 새로운 투자 시장을 만들고 있는지 살펴보겠다.

빌딩 투자 혁명

부동산 투자 시장은 세계에서 가장 큰 자산 시장 중 하나다. 글로벌 부동산 시장 규모는 약 300조 달러 이상으로 추정되며 이는 주식 시장과 채권 시장을 합친 것과 비슷한 수준이다.[01]

그러나 대부분의 개인 투자자에게 대형 부동산 투자는 쉽지 않다. 예를 들어 도심의 오피스빌딩이나 호텔 같은 상업용 부동산은 수백억 원 이상의 자본이 필요하다. 이러한 자산은 보통 대형 투자기관이나 부동산 펀드가 소유하고 운영한다.

그러나 블록체인 기반 토큰화 기술이 등장하면서 이러한 구조가 변화하기 시작했다. 부동산 자산을 디지털 토큰 형태로 발행하면 투자 지분을 작은 단위로 나눌 수 있기 때문이다.

예를 들어 하나의 오피스빌딩을 10만 개의 토큰으로 나누면 투자자는 그 중 일부만 구매하여 해당 건물의 지분을 보유할 수 있다. 이러한 구조는 과거에는 불가능했던 소액 부동산 투자 시장을 만들 수 있다.

또한 블록체인 기반 시스템에서는 투자 지분 관리가 자동화될 수 있다. 스마트 계약을 활용하면 임대 수익 배분이나 투자자 지분 관리가 디지털 방식으로 이루어질 수 있다.

이러한 특징 때문에 많은 전문가들은 부동산 토큰화를 "빌딩 투자

---

01   글로벌 부동산 시장 규모는 다양한 연구기관에 따라 약 280조~330조 달러 수준으로 추정된다.

혁명"이라고 부른다.

분할 소유권

부동산 토큰화의 핵심 개념은 분할 소유권(Fractionl Ownership)이다. 이는 하나의 자산을 여러 투자자가 공동으로 소유하는 구조를 의미한다.

기존에도 부동산 펀드나 리츠(REITs)를 통해 간접 투자 방식이 존재했다. 그러나 이러한 투자 방식은 투자자가 실제 자산의 지분을 직접 보유하는 구조가 아니라 펀드 지분을 보유하는 형태였다.

반면 토큰화 부동산은 블록체인 기반 디지털 토큰을 통해 직접적인 지분 구조를 만들 수 있다.

이 구조는 몇 가지 중요한 특징을 가진다.

첫째, 투자 최소 금액 감소다. 기존 부동산 투자에서는 수억 원 이상의 자본이 필요했지만 토큰화 시스템에서는 훨씬 작은 금액으로 투자할 수 있다.

둘째, 투자 유동성 증가다. 전통적인 부동산 거래는 매매 과정이 오래 걸린다. 그러나 토큰화된 자산은 디지털 거래 플랫폼에서 더 빠르게 거래될 가능성이 있다.

셋째, 글로벌 투자 참여다. 블록체인 기반 자산은 국가 경계를 넘어 투자할 수 있는 환경을 만들 수 있다.

이러한 구조는 부동산 시장을 폐쇄적인 자산 시장에서 글로벌 투자 시장으로 변화시킬 가능성을 가지고 있다.

글로벌 사례

부동산 토큰화는 이미 여러 국가에서 실험되고 있으며 일부 프로젝트는 실제 시장에서 운영되고 있다.

대표적인 사례 중 하나는 미국 부동산 플랫폼인 RealT이다. 이 회사는 미국의 주택과 부동산 자산을 토큰화하여 투자자들이 블록체인 기반 토큰 형태로 지분을 구매할 수 있도록 하는 서비스를 제공하고 있다.[02]

또 다른 사례는 글로벌 투자 기업들이 진행하는 부동산 토큰화 프로젝트다. 일부 금융기관은 상업용 부동산이나 호텔 자산을 디지털 토큰 형태로 발행하는 방안을 연구하고 있다.

중동 지역에서도 부동산 토큰화 프로젝트가 등장하고 있다. 특히 Dubai는 글로벌 부동산 투자 시장의 중심지 중 하나로 블록체인 기반 부동산 거래 시스템을 실험하고 있다.

또한 유럽에서는 일부 핀테크 기업들이 부동산 토큰화 플랫폼을 개

02　RealT는 미국 부동산 자산을 블록체인 기반 토큰 형태로 발행하는 플랫폼으로 부동산 토큰화 시장의 대표적인 사례로 언급된다.

발하고 있으며 기관 투자자들도 이러한 프로젝트에 관심을 보이고 있다.

이러한 글로벌 사례는 부동산 토큰화가 단순한 기술 실험이 아니라 실제 투자 시장으로 발전하고 있다는 신호다.

부동산 시장의 구조 변화

부동산 토큰화가 확산되면 부동산 시장 구조에도 변화가 나타날 수 있다.

첫째는 투자 시장 확대다. 더 많은 개인 투자자들이 부동산 시장에 참여할 수 있게 된다.

둘째는 거래 시장 변화다. 디지털 거래 플랫폼이 등장하면서 부동산 거래 방식이 변화할 수 있다.

셋째는 금융 상품 다양화다. 부동산 기반 토큰을 활용한 새로운 투자 상품이 등장할 수 있다.

특히 글로벌 투자자들이 다양한 국가의 부동산 자산에 접근할 수 있게 되면 부동산 시장은 지금보다 훨씬 더 국제적인 시장으로 발전할 가능성이 있다.

가장 큰 RWA 시장

많은 전문가들은 RWA 산업 가운데 부동산이 가장 큰 시장이 될 가능성이 높다고 보고 있다. 이유는 매우 단순하다.

부동산은 세계에서 가장 큰 실물자산이기 때문이다.

또한 부동산은 다음과 같은 특징을 가지고 있다.

· 장기 투자 자산 / 안정적인 현금 흐름 / 높은 자산 가치

이러한 특징은 토큰화 기술과 결합 될 때 더욱 강력한 투자 상품이 될 수 있다.

결국 부동산 토큰화는 단순히 투자 방식을 바꾸는 것이 아니라 글로벌 자산 시장의 구조 자체를 변화시킬 가능성을 가지고 있다.

다음 장에서는 또 하나 중요한 RWA 산업인 채권 토큰화 시장을 살펴보겠다. 특히 글로벌 금융기관들이 왜 채권 시장에 블록체인 기술을 도입하려 하는지 분석해 보겠다.

제16장 채권과 국채 토큰화

디지털 채권시장 | 금융기관 참여 | 채권 토큰화의 장점 | 미래 금융의 핵심 시장

RWA 산업 가운데 부동산과 함께 가장 빠르게 성장하고 있는 분야는 채권과 국채의 토큰화다. 채권 시장은 세계 금융시스템에서 가장 큰 규모를 가진 자본시장 중 하나이며 정부, 기업, 금융기관들이 자금을 조달하는 핵심 금융 수단이다.

현재 글로벌 채권 시장 규모는 약 130조 달러 이상으로 추정된다.[03] 이는 글로벌 주식 시장보다도 큰 규모다. 이러한 거대한 시장에 블록체인 기술이 도입되면서 채권 시장에도 새로운 변화가 나타나기 시작했다.

---

03   글로벌 채권 시장 규모는 약 120조~130조 달러 수준으로 추정되며 이는 세계 금융 시장에서 가장 큰 자본시장 중 하나다.

특히 국채 토큰화(Tokenized Treasury)는 RWA 시장에서 가장 빠르게 성장하는 분야 중 하나로 평가된다. 안정적인 자산 구조와 기관 투자자의 높은 수요 때문에 디지털 채권 시장은 향후 RWA 산업의 핵심 영역이 될 가능성이 높다.

디지털 채권시장

전통적인 채권 시장은 매우 복잡한 금융 인프라 위에서 운영된다. 채권 발행과 거래에는 여러 기관이 참여한다.
대표적으로 다음과 같은 기관들이 있다.

· 투자은행 / 증권사 / 중앙예탁기관 / 청산기관 / 결제기관

이러한 구조는 금융 안정성을 유지하는 데 중요한 역할을 하지만 동시에 높은 거래 비용과 긴 정산 시간이라는 문제도 발생시킨다.
블록체인 기반 채권 시장에서는 이러한 구조가 일부 변화할 가능성이 있다. 디지털 채권은 블록체인 네트워크에서 발행되고 관리될 수 있으며 투자자 지분과 거래 기록이 디지털 방식으로 저장된다.

스마트 계약을 활용하면 다음과 같은 기능도 자동화될 수 있다.

· 이자 지급 / 채권 만기 상환 / 투자자 지분 관리

이러한 시스템은 채권 거래의 효율성을 크게 높일 수 있다.

특히 국채 토큰화는 디지털 채권 시장에서 가장 중요한 분야로 떠오르고 있다. 국채는 국가가 발행하는 채권으로 금융시장에서 가장 안정적인 자산 중 하나로 평가된다.

최근 몇 년 사이 글로벌 금융기관들이 국채 토큰화 프로젝트를 진행하면서 디지털 채권 시장이 빠르게 발전하고 있다.

금융기관 참여

채권 토큰화 시장이 빠르게 성장하는 가장 큰 이유는 대형 금융기관의 참여다. 전통 금융시장에서 채권은 기관 투자자 중심 시장이다.

이 때문에 채권 시장에서 새로운 금융 기술이 도입되기 위해서는 금융기관의 참여가 필수적이다.

대표적인 사례가 글로벌 자산운용사 Franklin Templeton이다. 이 회사는 블록체인 기반 투자 펀드를 운영하며 미국 국채와 같은 자산을 디지털 방식으로 관리하는 시스템을 도입했다.[04]

또 다른 사례는 세계 최대 자산운용사인 BlackRock이다. 이 회사는 디지털 자산과 블록체인 기술을 활용한 금융 상품 개발을 진행하

04　Franklin Templeton은 블록체인 기반 펀드를 운영하며 국채와 같은 자산을 디지털 방식으로 관리하는 시스템을 도입했다.

고 있으며 토큰화 시장에 적극적으로 참여하고 있다.

대형 투자은행들도 블록체인 금융 인프라를 구축하고 있다. 예를 들어 글로벌 금융기관인 JPMorgan Chase는 블록체인 기반 금융 네트워크를 구축하여 기관 간 결제와 자산 거래 시스템을 연구하고 있다.[05]

이러한 금융기관 참여는 채권 토큰화 시장의 성장에 매우 중요한 의미를 가진다.

첫째, 시장 신뢰도 상승이다. 대형 금융기관이 참여하면 투자자들의 신뢰가 높아진다.

둘째, 시장 규모 확대다. 기관 투자자들은 대규모 자금을 운용하기 때문에 시장 성장 속도가 빨라질 수 있다.

셋째, 제도권 금융과 연결이다. 금융기관이 참여하면 규제 환경과 금융 인프라도 함께 발전할 가능성이 높다.

채권 토큰화의 장점

채권 시장에서 블록체인 기술이 주목받는 이유는 몇 가지 중요한 장점 때문이다.

---

05   JPMorgan Chase는 기관 간 결제 시스템과 블록체인 금융 인프라를 구축하기 위해 다양한 디지털 금융 프로젝트를 진행하고 있다.

1. 거래 효율성

블록체인 기반 시스템에서는 거래 기록이 실시간으로 공유되기 때문에 거래 과정이 단순화될 수 있다.

2. 정산 속도

전통적인 채권 거래는 정산에 며칠이 걸릴 수 있지만 블록체인 기반 시스템에서는 더 빠른 정산이 가능하다.

3. 투자 접근성

토큰화된 채권은 작은 단위로 분할될 수 있기 때문에 더 많은 투자자들이 참여할 수 있다.

4. 글로벌 투자 시장

디지털 채권은 글로벌 투자 플랫폼에서 거래될 가능성이 있다.

이러한 특징 때문에 채권 토큰화는 금융기관들에게 매우 매력적인 기술로 평가된다.

미래 금융의 핵심 시장

많은 금융 전문가들은 채권 토큰화 시장이 RWA 산업 가운데 가장 빠르게 성장할 분야 중 하나가 될 것으로 전망하고 있다.

그 이유는 다음과 같다.

- 채권 시장 규모가 매우 크다.
- 기관 투자자 중심 시장이다.
- 안정적인 투자 자산이다.

특히 국채 토큰화 시장은 기관 투자자들이 가장 관심을 가지는 분야다.

일부 금융 연구기관들은 향후 토큰화 채권 시장이 수조 달러 규모로 성장할 가능성을 제시하고 있다. 이러한 전망은 디지털 금융 인프라가 발전하면서 더욱 현실적인 시나리오가 되고 있다.

결국 채권 토큰화는 단순히 새로운 투자 상품을 만드는 것이 아니라 글로벌 채권 시장의 구조를 변화시키는 기술이 될 가능성이 있다.

제17장 탄소배출권 RWA

탄소시장 구조 | ESG 투자 | 미래 산업 | 기후 금융의 새로운 시장

21세기 금융시장에서 가장 빠르게 성장하고 있는 새로운 자산 가운데 하나가 탄소배출권(Carbon Credits)이다. 기후 변화와 환경 문제에 대한 국제 사회의 관심이 높아지면서 탄소 배출을 줄이기 위한 정책과 시장이 빠르게 확대되고 있다.

탄소배출권은 일정량의 온실가스를 배출할 수 있는 권리를 의미한다. 기업들은 정부가 정한 배출 한도를 초과할 경우 탄소배출권을 구매해야 하며 반대로 배출량을 줄인 기업은 남는 배출권을 판매할 수 있다. 이러한 구조는 탄소 배출을 시장 메커니즘을 통해 줄이려는 정책이다.

최근에는 탄소배출권 시장이 블록체인 기술과 결합하면서 새로운 RWA 시장으로 발전하고 있다. 탄소배출권은 본질적으로 디지털 인증

자산이기 때문에 블록체인 기술과 매우 잘 맞는 구조를 가지고 있다.

이 장에서는 탄소배출권 시장의 구조와 ESG 투자 흐름, 그리고 탄소 RWA 산업의 미래 가능성을 살펴본다.

탄소시장 구조

탄소시장은 크게 두 가지 형태로 나뉜다.

1. 규제 시장 (Compliance Market)

정부가 법적으로 기업의 탄소 배출을 제한하고 배출권 거래를 허용하는 시장이다. 대표적인 사례가 유럽의 European Union Emissions Trading System(EU ETS)이다.

이 제도에서는 정부가 전체 배출량을 제한하고 기업들에게 배출권을 배분한다. 기업이 배출량을 초과하면 시장에서 배출권을 구매해야 한다. 이러한 시스템은 탄소 배출을 줄이는 동시에 시장 기반 가격을 형성한다.

2. 자발적 시장 (Voluntary Carbon Market)

기업이나 기관이 자발적으로 탄소 감축 프로젝트에 참여하면서 탄소배출권을 구매하는 시장이다. 예를 들어 산림 복원이나 재생에너지 프로젝트를 통해 탄소 감축 효과가 발생하면 해당 프로젝트는 탄소 크레딧을 발행할 수 있다.

최근 몇 년 사이 자발적 탄소시장도 빠르게 성장하고 있다. 많은 글로벌 기업들이 탄소 중립(Net Zero) 목표를 선언하면서 탄소 크레딧 수요가 증가했기 때문이다.

탄소배출권은 이러한 구조 때문에 디지털 자산으로 전환하기 매우 적합한 자산으로 평가된다. 배출량 데이터와 인증 기록을 블록체인에 저장하면 투명성과 추적성을 높일 수 있기 때문이다.

ESG 투자

탄소배출권 RWA가 주목받는 또 다른 이유는 ESG 투자 흐름과 밀접하게 연결되어 있기 때문이다.

ESG는 환경(Environment), 사회(Social), 지배구조(Governance)를 고려한 투자 방식이다. 최근 글로벌 투자기관들은 기업의 환경 영향과 지속 가능성을 중요한 투자 기준으로 고려하고 있다.

세계 최대 자산운용사 중 하나인 BlackRock은 기후 변화와 지속 가능한 금융을 중요한 투자 전략으로 강조해 왔다.[06] 이러한 흐름은 탄소시장 확대에도 큰 영향을 미치고 있다.

또한 많은 기업들이 탄소 중립(Net Zero) 목표를 발표하면서 탄소

---

06   BlackRock은 기후 변화 대응과 지속 가능한 투자 전략을 강조하며 ESG 금융 확대를 추진하고 있다.

크레딧에 대한 수요가 증가하고 있다. 탄소 중립이란 기업이 배출하는 탄소량과 제거하는 탄소량을 균형 있게 맞추는 것을 의미한다.

탄소배출권은 이러한 ESG 전략을 실현하는 중요한 금융 도구가 되고 있다.

특히 블록체인 기반 탄소시장은 다음과 같은 장점을 제공할 수 있다.

· 탄소 데이터 투명성 / 거래 기록 추적 가능성 / 글로벌 거래 플랫폼 구축

이러한 특징 때문에 탄소배출권 RWA는 ESG 금융과 디지털 금융이 결합한 새로운 시장으로 평가된다.

미래 산업

탄소배출권 시장은 앞으로 매우 빠르게 성장할 것으로 예상된다. 일부 연구기관들은 글로벌 탄소시장 규모가 2030년까지 수천억 달러 규모로 확대될 수 있다고 전망하고 있다.[07]

이러한 성장 가능성은 다음과 같은 요인 때문이다.

1. 기후 정책 강화

---

07 여러 금융 연구기관은 글로벌 탄소시장 규모가 향후 수천억 달러 수준으로 성장할 가능성을 제시하고 있다.

많은 국가들이 탄소 배출 규제를 강화하고 있다. 이러한 정책은 탄소배출권 수요를 증가시킬 수 있다.

2. 글로벌 기업 참여
대기업들이 탄소 중립 목표를 설정하면서 탄소 크레딧 수요가 증가하고 있다.

3. 금융상품 확대
탄소배출권을 기반으로 한 투자 상품이 등장할 가능성이 있다.

블록체인 기술은 이러한 시장을 더욱 확장할 수 있다. 탄소배출권을 토큰 형태로 발행하면 글로벌 투자자들이 참여할 수 있는 새로운 디지털 시장이 만들어질 수 있기 때문이다.

또한 일부 블록체인 프로젝트들은 탄소 크레딧을 디지털 토큰 형태로 발행하는 플랫폼을 구축하고 있다.

예를 들어 블록체인 기반 탄소 프로젝트인 Toucan Protocol은 탄소 크레딧을 토큰화하여 디지털 시장에서 거래할 수 있도록 하는 시스템을 개발하고 있다. Toucan Protocol은 탄소 크레딧을 블록체인 기반 토큰 형태로 발행하는 프로젝트로 탄소시장의 디지털화를 목표로 하고 있다.

이러한 프로젝트들은 탄소시장의 투명성과 효율성을 높이려는 시도라고 볼 수 있다.

기후 금융의 새로운 시장

탄소배출권 RWA는 단순한 환경 정책이 아니라 새로운 금융 산업으로 발전할 가능성을 가지고 있다.

특히 다음과 같은 분야에서 시장이 확대될 가능성이 높다.

· 탄소 크레딧 투자 상품 / 탄소 파생상품 시장 / ESG 기반 금융 서비스

이러한 산업은 향후 글로벌 금융 시장에서 중요한 역할을 할 가능성이 있다.

결국 탄소배출권 시장은 환경 문제 해결과 금융 혁신이 동시에 이루어지는 영역이라고 볼 수 있다. RWA 기술이 이 시장에 도입되면 탄소 거래 시장의 투명성과 효율성을 크게 높일 수 있다.

다음 장에서는 또 하나의 흥미로운 RWA 분야인 예술품과 콘텐츠 자산의 토큰화를 살펴본다. 이 분야는 문화 산업과 금융 기술이 결합하는 새로운 자산 시장으로 주목받고 있다.

제18장. 콘텐츠 IP 금융

음악 저작권 | 영화 판권 | 게임 산업 | 콘텐츠 금융의 새로운 시대

디지털 경제 시대가 도래하면서 콘텐츠 산업은 세계에서 가장 빠르게 성장하는 산업 중 하나가 되었다. 음악, 영화, 게임, 웹툰, 방송 프로그램 같은 콘텐츠는 이제 단순한 문화 상품이 아니라 막대한 경제적 가치를 가진 자산으로 평가된다.

특히 콘텐츠 산업의 핵심 자산은 지식재산권(IP, Intellectual Property)이다. 저작권, 판권, 캐릭터 권리, 게임 IP 같은 무형 자산은 장기간에 걸쳐 수익을 창출할 수 있는 특징을 가지고 있다.

최근 블록체인 기술이 등장하면서 이러한 콘텐츠 IP도 RWA(실물자산 토큰화) 시장에 포함되기 시작했다. 콘텐츠 자산을 디지털 토큰 형태로 발행하면 투자자들이 해당 자산의 수익에 참여할 수 있는 새로

운 금융시장이 만들어질 수 있기 때문이다.

이 장에서는 콘텐츠 산업의 대표적인 자산인 음악 저작권, 영화 판권, 게임 IP가 어떻게 새로운 RWA 시장으로 발전하고 있는지 살펴보겠다.

음악 저작권

콘텐츠 IP 금융에서 가장 먼저 발전한 분야는 음악 저작권 투자 시장이다. 음악 산업에서는 한 곡의 음악이 오랜기간 동안 지속적인 수익을 창출할 수 있다.

음악 저작권 수익은 다음과 같은 다양한 형태로 발생한다.

· 스트리밍 서비스 / 방송 사용료 / 공연 사용료 / 광고 및 라이선스

대표적인 글로벌 음악 플랫폼인 Spotify와 같은 스트리밍 서비스가 성장하면서 음악 저작권의 경제적 가치도 크게 증가했다.

이러한 구조 때문에 음악 저작권은 장기적인 현금 흐름을 창출하는 투자 자산으로 평가된다. 실제로 글로벌 투자펀드와 자산운용사들은 유명 음악의 저작권을 매입하여 투자 포트폴리오를 구성하고 있다.

최근에는 음악 저작권을 디지털 토큰 형태로 발행하는 프로젝트도 등장했다. 예를 들어 블록체인 기반 음악 플랫폼인 Royal은 음악 저작권 수익의 일부를 토큰 형태로 발행하여 팬과 투자자들이 참여할 수 있도록 하는 시스템을 구축했다.[08]

이러한 구조는 음악 산업에 새로운 금융 모델을 만들 수 있다. 팬들이 좋아하는 아티스트의 음악에 직접 투자하고 수익을 공유하는 방식이 가능해지기 때문이다.

영화 판권

영화 산업 역시 콘텐츠 IP 금융에서 중요한 분야다. 영화 제작에는 막대한 자본이 필요하며 투자 구조도 복잡하다.

전통적인 영화 투자 구조에서는 다음과 같은 방식이 사용된다.

· 영화 제작 투자 / 배급 계약 / 판권 판매

특히 영화 판권은 매우 중요한 자산이다. 한 영화의 판권은 극장 상

---

08   Royal은 음악 저작권 수익을 디지털 토큰 형태로 발행하여 팬과 투자자들이 참여할 수 있도록 하는 블록체인 기반 음악 투자 플랫폼이다.

영, TV 방송, 스트리밍 서비스, 해외 배급 등 다양한 채널에서 수익을 창출할 수 있다.

최근 글로벌 스트리밍 플랫폼의 성장으로 영화 판권의 가치도 크게 증가하고 있다. 대표적인 플랫폼인 Netflix는 영화와 드라마 콘텐츠 확보를 위해 막대한 투자를 진행하고 있다.

블록체인 기반 RWA 시스템에서는 이러한 영화 판권을 디지털 토큰 형태로 발행할 가능성이 있다. 예를 들어 영화 제작 프로젝트의 투자 지분을 토큰화하면 더 많은 투자자들이 영화 제작에 참여할 수 있다.

이러한 방식은 영화 산업의 자금 조달 구조에도 변화를 가져올 수 있다. 독립 영화나 중소 제작사들도 글로벌 투자자들로부터 자금을 조달할 수 있는 새로운 기회를 얻을 수 있기 때문이다.

게임 산업

콘텐츠 IP 가운데 가장 빠르게 성장하는 산업은 게임 산업이다. 글로벌 게임 시장 규모는 이미 영화와 음악 산업을 합친 것보다 큰 수준으로 성장했다.

게임 산업에서 중요한 자산은 게임 IP다. 인기 게임의 캐릭터, 스토리, 세계관 같은 요소는 다양한 산업에서 활용될 수 있다.

대표적인 글로벌 게임 기업인 Nintendo는 캐릭터 IP를 활용한 다양한 콘텐츠 사업을 진행하고 있다. 예를 들어 Mario 같은 캐릭터는 게임뿐 아니라 영화, 테마파크, 상품 등 다양한 산업에서 활용되고 있다.

최근 블록체인 기술은 게임 산업에서도 새로운 가능성을 만들고 있다. 특히 게임 아이템, 캐릭터, 가상자산을 디지털 자산 형태로 발행하는 방식이 등장했다.

일부 게임 프로젝트에서는 게임 내 자산을 블록체인 기반 토큰으로 발행하여 플레이어들이 실제 자산처럼 거래할 수 있도록 하는 모델도 등장했다.

이러한 구조는 게임 산업과 금융시장을 연결하는 새로운 모델로 평가된다.

콘텐츠 금융의 새로운 시대

콘텐츠 IP 토큰화는 단순히 투자 상품을 만드는 것을 넘어 콘텐츠 산업의 구조를 변화시킬 가능성을 가지고 있다.

과거 콘텐츠 제작은 대형 기업이나 투자자가 중심이 되는 산업이었다. 그러나 블록체인 기반 금융시스템이 발전하면 팬과 투자자들이 콘텐츠 제작에 직접 참여할 수 있는 환경이 만들어질 수 있다.

이러한 구조는 다음과 같은 변화를 가져올 수 있다.

1. 팬 투자 모델

팬들이 좋아하는 아티스트나 콘텐츠에 직접 투자할 수 있다.

2. 글로벌 콘텐츠 투자

전 세계 투자자들이 다양한 콘텐츠 프로젝트에 참여할 수 있다.

3. 창작자 중심 경제

창작자들이 중개 기관 없이 투자자와 직접 연결될 수 있다.

이러한 변화는 콘텐츠 산업을 새로운 디지털 금융 시장으로 발전시킬 가능성이 있다.

특히 한국은 음악, 영화, 게임 산업이 모두 강한 국가이기 때문에 콘텐츠 IP 기반 RWA 시장에서 중요한 역할을 할 수 있다.

제19장. 미술품과 수집품

예술 투자 시장 | 조각투자 | 예술 자산의 디지털화
수집품 시장 | 새로운 대체 투자 시장

실물자산 토큰화(RWA)가 적용될 수 있는 분야 가운데 가장 흥미로운 시장 중 하나는 미술품과 수집품 시장이다. 미술 작품, 희귀 수집품, 명품 시계, 빈티지 와인 같은 자산은 오랜 기간 동안 투자 대상이 되어 왔다. 그러나 이러한 자산은 일반 투자자들에게 접근하기 어려운 시장이었다.

미술품과 수집품 시장은 전통적으로 고액 자산가와 전문 컬렉터 중심의 폐쇄적인 시장이었다. 작품의 가격이 매우 높고 거래 과정도 복잡하기 때문이다. 또한 작품의 진위 여부와 가치 평가가 전문적인 지식을 필요로 한다는 점도 시장 참여를 어렵게 만드는 요소였다.

하지만 최근 디지털 금융 기술이 등장하면서 이러한 구조가 변화하기 시작했다. 특히 블록체인 기반 자산 토큰화와 조각 투자 모델이 등

장하면서 예술 자산을 새로운 투자 상품으로 만드는 시도가 이루어
지고 있다.

예술 투자 시장

미술품 시장은 생각보다 훨씬 큰 규모를 가진 글로벌 자산 시장이
다. 글로벌 예술 시장 규모는 약 600억 달러 이상으로 추정되며 매년
수많은 작품이 경매와 갤러리를 통해 거래되고 있다.[09]

세계적인 경매 회사인 Sotheby's와 Christie's는 수십억 달러 규모
의 작품 거래를 중개하고 있다. 이러한 경매 시장에서는 유명 작가의
작품이 수천만 달러 이상의 가격에 거래되기도 한다.

예를 들어 네덜란드 화가 Vincent van Gogh의 작품이나 스페인 화
가 Pablo Picasso의 작품은 세계에서 가장 높은 가격에 거래되는 미
술품 가운데 하나다.

미술품 투자가 주목받는 이유는 몇 가지 특징 때문이다.

첫째, 희소성이다. 유명 작가의 작품은 공급이 매우 제한적이다.

둘째, 장기 가치 상승이다. 역사적으로 많은 미술 작품이 장기간에
걸쳐 가격 상승을 보여 왔다.

---

09   글로벌 미술 시장 규모는 매년 약 600억 달러 수준으로 추정되며 세계 주요 경매 회사와
     갤러리를 통해 거래가 이루어진다.

셋째, 대체 투자 자산이다. 미술품은 주식이나 채권과 다른 움직임을 보이기 때문에 투자 포트폴리오 분산 효과가 있다.

이러한 특징 때문에 미술품은 오랫동안 부유층 투자 자산으로 활용되어 왔다.

조각투자

최근 등장한 새로운 투자 방식이 바로 조각투자(Fractional Investment)다. 조각투자는 하나의 자산을 여러 투자자가 나누어 소유하는 구조다.

예를 들어 한 점의 미술 작품 가격이 100억 원이라면 이를 수천 개의 지분으로 나누어 투자자들이 일부 지분만 구매할 수 있도록 하는 방식이다.

이러한 모델은 디지털 플랫폼을 통해 구현되고 있다. 투자자는 플랫폼에서 작품의 일부 지분을 구매하고 작품 가치가 상승하면 투자 수익을 얻을 수 있다.

조각투자는 다음과 같은 장점을 가진다.

1. 투자 접근성 확대
고가 자산을 작은 금액으로 투자할 수 있다.

2. 투자 시장 확대

더 많은 개인 투자자가 예술 시장에 참여할 수 있다.

3. 유동성 증가

디지털 플랫폼을 통해 지분 거래가 가능해질 수 있다.

블록체인 기술은 이러한 조각투자 구조를 더욱 발전시킬 수 있다. 작품의 소유권을 디지털 토큰 형태로 발행하면 투자자 지분 관리와 거래 기록을 블록체인 네트워크에서 관리할 수 있기 때문이다.

예술 자산의 디지털화

예술 자산을 디지털 자산으로 전환하는 시도는 이미 여러 기업에서 이루어지고 있다. 대표적인 사례 중 하나가 미술품 투자 플랫폼 Masterworks이다.

이 플랫폼은 유명 미술 작품을 구매한 후 지분을 투자자들에게 판매하는 구조를 운영하고 있다.[10] 투자자는 작품 전체를 구매하지 않아도 일부 지분에 투자할 수 있다.

---

10   Masterworks는 유명 미술 작품을 구매한 후 지분 형태로 투자자들에게 판매하는 미술
      투자 플랫폼이다.

또한 블록체인 기반 플랫폼에서는 작품의 소유권을 토큰 형태로 발행하려는 프로젝트도 등장하고 있다. 이러한 구조는 예술 시장을 보다 투명하고 글로벌한 투자 시장으로 발전시킬 가능성을 가지고 있다.

특히 블록체인 기술을 활용하면 작품의 진위 기록과 거래 이력(provenance)을 디지털 방식으로 관리할 수 있다. 이는 미술 시장에서 매우 중요한 문제인 위작 문제를 해결하는 데도 도움을 줄 수 있다.

수집품 시장

미술품뿐 아니라 다양한 수집품도 RWA 시장의 중요한 분야가 될 가능성이 있다.

대표적인 수집품 시장에는 다음과 같은 자산들이 있다.

- 명품 시계 / 스포츠 카드 / 빈티지 자동차 / 희귀 와인

특히 스포츠 카드 시장에서는 유명 선수 카드가 수백만 달러에 거래되는 사례도 있다. 예를 들어 전설적인 농구 선수 Michael Jordan의 카드가 경매에서 높은 가격에 판매된 사례가 있다.

이러한 수집품은 희소성과 역사적 가치 때문에 투자 자산으로 평가되기도 한다.

새로운 대체 투자 시장

미술품과 수집품 RWA 시장은 대체 투자 (Alternative Investment) 영역에서 중요한 역할을 할 가능성이 있다.

전통적인 투자 자산은 주식과 채권 중심이었다. 그러나 최근 투자자들은 포트폴리오 다각화를 위해 다양한 자산에 관심을 가지고 있다.

예술 자산은 이러한 대체 투자 시장에서 중요한 역할을 할 수 있다. 특히 RWA 기술이 발전하면 다음과 같은 변화가 가능하다.

- 글로벌 예술 투자 시장 확대 / 디지털 거래 플랫폼 등장 / 새로운 금융 상품 개발

이러한 변화는 예술 시장을 기존의 폐쇄적인 시장에서 글로벌 디지털 투자 시장으로 발전시킬 가능성이 있다.

다음 장에서는 RWA 산업에서 또 하나 중요한 분야인 인프라 자산과 에너지 산업의 토큰화를 살펴본다. 이 분야는 국가 경제와 연결된 대규모 자산 시장으로 향후 RWA 산업에서 매우 중요한 역할을 할 가능성이 있다.

제20장. 인프라 자산

발전소 | 에너지 자원 | 데이터 센터 | 인프라 금융의 새로운 시대

RWA(Real World Asset, 실물자산 토큰) 시장이 확대되면서 금융 산업은 점차 대형 실물 인프라 자산으로 관심을 넓히고 있다. 부동산, 채권, 예술품과 같은 자산뿐 아니라 발전소, 에너지 시설, 데이터센터 같은 인프라 자산 역시 토큰화 대상이 되고 있다.

인프라 자산은 국가 경제의 기반이 되는 핵심 자산이다. 발전소, 송전망, 항만, 공항, 데이터센터 같은 시설은 막대한 자본이 필요하며 장기간에 걸쳐 안정적인 수익을 창출한다.

이러한 특징 때문에 인프라 자산은 전통적으로 기관투자자 중심의 투자 시장이었다. 연기금, 보험회사, 대형 자산운용사 같은 기관이 주요 투자자로 참여해 왔다.

그러나 블록체인 기반 RWA 금융이 발전하면서 이러한 인프라 자산도 디지털 투자 시장으로 확장될 가능성이 등장하고 있다.

발전소

발전소는 대표적인 인프라 투자 자산이다. 발전소는 전력 생산을 통해 장기간 안정적인 수익을 창출할 수 있기 때문에 금융 시장에서도 중요한 투자 대상이다.

대표적인 발전소 투자 방식은 다음과 같다.

· 발전소 지분 투자 / 전력 판매 계약(PPA) 기반 투자 / 인프라 펀드 투자

많은 글로벌 투자기관들은 이미 발전소 투자 시장에 참여하고 있다. 예를 들어 세계 최대 자산운용사 가운데 하나인 BlackRock은 인프라 투자 펀드를 통해 다양한 에너지 자산에 투자하고 있다.[11]

발전소 투자의 가장 큰 특징은 안정적인 현금 흐름이다. 발전소는 전력을 생산하고 판매하면서 지속적인 수익을 창출한다.

---

11   BlackRock은 글로벌 인프라 투자 펀드를 통해 발전소, 에너지 시설 등 다양한 인프라 자산에 투자하고 있다.

특히 재생에너지 발전소의 경우 장기 전력 판매 계약(PPA)을 통해 안정적인 수익 구조를 확보할 수 있다. 이러한 특징 때문에 발전소는 연기금과 기관투자자들이 선호하는 자산이다.

블록체인 기반 RWA 시스템에서는 발전소 투자 지분을 디지털 토큰 형태로 발행하는 방식이 가능하다. 이렇게 되면 개인 투자자들도 발전소 투자에 참여할 수 있는 새로운 시장이 만들어질 수 있다.

에너지 자원

에너지 산업은 세계 경제에서 가장 큰 산업 가운데 하나다. 석유, 가스, 전력, 재생에너지 등 다양한 분야가 포함된다.

최근 에너지 산업은 재생에너지 중심으로 빠르게 변화하고 있다. 태양광, 풍력, 수소 에너지 같은 분야가 새로운 성장 산업으로 떠오르고 있다.

예를 들어 글로벌 풍력 에너지 기업인 Ørsted는 해상 풍력 발전 프로젝트를 통해 세계적인 재생에너지 기업으로 성장했다.[12]

재생에너지 프로젝트는 일반적으로 다음과 같은 특징을 가진다.

---

12 Ørsted는 덴마크 기반의 글로벌 재생에너지 기업으로 해상 풍력 발전 시장에서 세계적인 기업으로 성장했다.

· 초기 투자 규모가 매우 크다. / 장기적인 수익 구조를 가진다. / 국가 정책과 밀접하게 연결된다.

이러한 특징 때문에 재생에너지 프로젝트는 대규모 금융 구조를 필요로 한다. 프로젝트 파이낸싱(Project Financing)이나 인프라 펀드 같은 금융 구조가 주로 활용된다.

RWA 기술은 이러한 프로젝트 투자 구조를 변화시킬 가능성이 있다. 에너지 프로젝트의 투자 지분을 토큰 형태로 발행하면 글로벌 투자자들이 참여할 수 있는 새로운 시장이 만들어질 수 있기 때문이다.
특히 태양광 발전소나 풍력 발전소 같은 재생에너지 프로젝트는 분산형 투자 구조와 잘 맞는 특징을 가지고 있다.

데이터 센터

디지털 경제 시대에 가장 중요한 인프라 가운데 하나가 바로 데이터 센터다. 데이터센터는 인터넷 서비스, 클라우드 컴퓨팅, 인공지능 시스템을 운영하는 핵심 시설이다.

오늘날 세계 경제는 점점 더 데이터 중심으로 변화하고 있다. 클라우드 서비스, 온라인 플랫폼, 인공지능 기술이 발전하면서 데이터센터 수요도 급격히 증가하고 있다.

대표적인 글로벌 클라우드 기업인 Amazon Web Services, Microsoft, Google은 전 세계에 대규모 데이터센터를 운영하고 있다.[13]

데이터센터 투자 시장 역시 매우 큰 규모를 가지고 있다. 데이터센터는 다음과 같은 특징을 가진다.

· 장기 임대 계약 기반 수익 / 안정적인 현금 흐름 / 높은 초기 투자 비용

이러한 구조 때문에 데이터센터는 디지털 시대의 핵심 인프라 자산으로 평가된다.

최근에는 데이터센터 투자 펀드나 리츠(REITs) 같은 금융 상품도 등장하고 있다. 블록체인 기반 RWA 시스템이 발전하면 데이터센터 투자 역시 토큰화 형태로 확장될 가능성이 있다.

인프라 금융의 새로운 시대

인프라 자산은 전통적으로 매우 폐쇄적인 투자 시장이었다. 대규모 자본이 필요하기 때문에 일반 투자자들이 참여하기 어려웠다.

그러나 RWA 기술이 발전하면 이러한 시장도 점차 변화할 가능성이

---

13 Amazon Web Services, Microsoft, Google 등 글로벌 기술 기업들은 전 세계에 대규모 데이터센터 인프라를 구축하고 있다.

있다.

예를 들어 다음과 같은 변화가 가능하다.

1. 글로벌 투자 확대

블록체인 기반 플랫폼을 통해 전 세계 투자자들이 인프라 투자에 참여할 수 있다.

2. 투자 구조 혁신

대형 인프라 프로젝트도 분할 투자 구조를 통해 자금을 조달할 수 있다.

3. 새로운 금융 상품 등장

발전소, 에너지, 데이터센터 기반 디지털 투자 상품이 등장할 수 있다.

이러한 변화는 인프라 투자 시장을 기존의 기관 중심 시장에서 글로벌 디지털 투자 시장으로 발전시킬 가능성이 있다.

특히 인공지능과 디지털 경제가 발전하면서 데이터센터와 에너지 인프라의 중요성은 더욱 커질 것으로 예상된다.

제21장. 기업 금융 RWA

매출채권 | 무역금융 | 중소기업 자금 조달 | 기업 금융의 디지털 혁신

RWA(Real World Asset, 실물자산 토큰) 금융은 부동산이나 예술품 같은 자산뿐 아니라 기업 금융 영역에서도 중요한 역할을 할 수 있다. 특히 기업이 보유한 다양한 금융자산을 디지털 토큰 형태로 전환하면 새로운 자금조달 시장이 형성될 가능성이 있다.

기업 금융에서 가장 중요한 자산 가운데 하나는 현금 흐름을 만들어 내는 계약 자산이다. 예를 들어 매출채권, 무역금융 계약, 공급망 금융자산 등은 모두 미래에 현금이 발생하는 자산이다.

전통 금융에서는 이러한 자산을 팩토링(Factoring)이나 유동화(Securitization) 구조를 통해 금융 상품으로 전환해 왔다. 하지만 이 과정은 복잡하고 비용이 많이 드는 구조였다.

블록체인 기반 RWA 금융은 이러한 기업 금융 구조를 더 효율적이고 글로벌한 시장으로 변화시킬 가능성을 가지고 있다. 기업이 보유한 채

권이나 거래 계약을 디지털 토큰으로 발행하면 투자자들이 직접 해당 자산에 투자할 수 있는 새로운 금융시장이 만들어질 수 있기 때문이다.

매출채권

매출채권(Account Receivable)은 기업이 상품이나 서비스를 판매한 후 아직 받지 못한 대금을 의미한다. 많은 기업들은 거래 상대방에게 일정 기간의 결제 기한을 제공한다.

예를 들어 한 기업이 물건을 판매하고 30일 또는 90일 후에 대금을 받는 계약을 체결할 수 있다. 이 기간 동안 기업은 매출채권을 보유하게 된다.

이러한 구조는 기업에게 중요한 문제를 만든다. 바로 현금 흐름 문제다. 매출이 발생했지만 실제 현금이 들어오기까지 시간이 걸리기 때문이다.

전통 금융에서는 이러한 문제를 해결하기 위해 팩토링 금융을 활용한다. 기업은 매출채권을 금융기관에 판매하고 일정 금액을 먼저 받는다.

대표적인 글로벌 금융기관인 HSBC나 Citigroup 은행들은 기업들에게 이런 금융서비스를 제공하고 있다.[14]

RWA 기술이 도입되면 매출채권을 디지털 토큰 형태로 발행하여 투자자들에게 판매하는 구조가 가능해질 수 있다. 투자자는 일정 할인

---

14   HSBC, Citigroup 등 글로벌 은행들은 기업 매출채권 기반 금융 서비스를 제공하고 있다.

된 가격으로 채권을 구매하고 만기 시 원금을 받을 수 있다.

이 구조는 기업에게는 자금 조달을 쉽게 만들어 주고 투자자에게는 새로운 투자 상품을 제공할 수 있다.

무역금융

무역금융(Trade Finance)은 국제 무역에서 매우 중요한 금융 영역이다. 기업이 국가 간 거래를 할 때는 결제 위험과 운송 위험이 존재한다.

예를 들어 한 국가의 기업이 다른 국가의 기업에게 상품을 판매할 경우 다음 문제가 발생할 수 있다.

- 물건을 보내기 전에 돈을 받을 것인가?
- 물건을 받은 후 돈을 받을 것인가?

이런 문제를 해결하기 위해 국제 금융시스템에서는 신용장(Letter of Credit) 같은 금융 구조가 사용된다.

세계적인 은행인 JPMorgan Chase와 Standard Chartered 같은 금융기관들은 글로벌 무역금융 서비스를 제공하고 있다.[15]

무역금융 시장 규모는 매우 크다. 국제 무역 거래의 상당 부분이 이

---

15   JPMorgan Chase, Standard Chartered 등 국제 금융기관들은 글로벌 무역금융 시장에서 중요한 역할을 하고 있다.

런 금융 구조를 통해 이루어지고 있다.

최근 블록체인 기술은 무역금융 시장에서도 중요한 변화를 만들고 있다. 계약 문서, 거래 기록, 운송 정보 등을 블록체인에 기록하면 거래 투명성과 효율성을 높일 수 있기 때문이다.

일부 금융기관들은 이미 블록체인 기반 무역금융 플랫폼을 실험하고 있다.

중소기업 자금 조달

RWA 기업 금융이 가장 큰 영향을 미칠 수 있는 영역은 중소기업 금융이다.

많은 중소기업들은 자금 조달에 어려움을 겪는다. 대형 기업과 달리 신용 등급이 낮거나 담보 자산이 부족하기 때문이다.

세계은행 연구에 따르면 전 세계 중소기업의 상당수가 금융 접근성 문제를 겪고 있다.[16]

RWA 기반 금융시스템은 이러한 문제를 해결할 가능성이 있다.

예를 들어 다음과 같은 방식이 가능하다.

---

16   세계은행 연구에 따르면 많은 중소기업들이 금융 접근성 부족으로 인해 자금 조달에 어려움을 겪고 있다.

1. 매출 기반 금융

   기업의 매출 데이터를 기반으로 투자 상품을 만들 수 있다.

2. 공급망 금융

   대기업과 거래하는 중소기업의 채권을 투자 자산으로 전환할 수 있다.

3 .디지털 채권 발행

   중소기업도 블록체인 기반 디지털 채권을 발행할 수 있다.

   이러한 구조는 중소기업 금융시장을 크게 변화시킬 가능성이 있다.

기업 금융의 디지털 혁신

   기업 금융 RWA는 금융 산업에서 매우 중요한 의미를 가진다. 지금
까지 기업 금융은 주로 은행 중심 구조였다.

   그러나 디지털 금융 기술이 발전하면서 기업들은 새로운 방식으로
자금을 조달할 수 있는 환경을 맞이하고 있다.

   RWA 금융이 발전하면 다음의 변화가 가능하다.

· 글로벌 투자자 참여 확대 / 금융 중개 비용 감소 / 자금 조달 속도 향상

5

한국 RWA 시장의 미래

제22장 한국의 토큰증권 제도

금융 규제 | STO 법제화 | 정책 방향 | 한국 금융 시장의 변화(한국의 STO 정책 방향)

실물자산 토큰화(RWA)가 세계 금융시장의 중요한 흐름으로 자리 잡으면서 한국에서도 관련 제도와 정책에 대한 논의가 빠르게 진행되고 있다. 특히 토큰증권(STO, Security Token Offering)은 한국 금융 시장에서 RWA 산업의 핵심 제도적 기반으로 평가된다.

한국 금융당국은 블록체인 기반 디지털 자산을 기존 금융시스템과 조화시키기 위해 새로운 규제 체계를 준비하고 있다. 이는 단순히 암호화폐 시장을 규제하는 수준을 넘어 디지털 자산을 제도권 금융으로 편입하려는 정책 변화라고 볼 수 있다.

한국의 STO 제도는 실물자산 토큰화 산업을 제도적으로 인정하고 투자자 보호를 강화하는 방향으로 설계되고 있다. 이러한 제도 변화는 향후 한국 RWA 시장의 성장에 중요한 영향을 미칠 것으로 예상된다.

금융 규제

한국 금융시장은 전통적으로 강한 규제 체계를 가지고 있다. 금융 안정성과 투자자 보호를 매우 중요하게 고려하기 때문이다.

디지털 자산 시장에서도 이러한 규제 원칙은 유지되고 있다. 특히 토큰증권은 기존 증권과 유사한 성격을 가지기 때문에 자본시장법 체계 안에서 규제될 가능성이 높다.

한국 금융 정책을 담당하는 주요 기관은 다음과 같다.

- Financial Services Commission(금융위원회)
- Financial Supervisory Service(금융감독원)
- Korea Exchange(한국거래소)

이 기관들은 디지털 자산 시장을 관리하고 정책 방향을 결정하는 중요한 역할을 한다.

특히 금융위원회는 디지털 자산을 증권형 토큰과 비증권형 토큰으로 구분하는 정책 방향을 제시했다. 이 가운데 증권형 토큰은 기존 자

본시장 규제 체계 안에서 관리되는 것이 기본 원칙이다.[01]

이러한 정책은 투자자 보호와 금융 안정성을 확보하기 위한 것이다.

STO 법제화

한국에서 STO 제도 논의는 2022년 이후 본격적으로 시작되었다. 금융당국은 블록체인 기반 증권 발행을 제도적으로 허용하는 방안을 검토하기 시작했다. 특히 2023년 금융위원회는 토큰증권 발행과 유통을 허용하는 정책 방향을 발표했다.[02]

이 정책의 핵심 내용은 다음과 같다.

1. 증권형 토큰 인정

블록체인 기반 디지털 자산 가운데 증권 성격을 가진 토큰을 공식적으로 인정한다.

2. 전자증권 제도 활용

토큰증권은 기존 전자증권 시스템과 연계하여 관리될 수 있다.

---

01   Financial Services Commission은 디지털 자산 가운데 증권 성격을 가진 토큰을 자본 시장법 규제 대상에 포함하는 정책 방향을 제시했다.

02   금융위원회는 2023년 토큰증권 발행과 유통을 허용하는 정책 방향을 발표하며 STO 시장 제도화를 추진하고 있다.

3. 발행과 유통 분리

토큰증권 발행과 거래 플랫폼을 분리하여 시장 안정성을 확보한다.

이러한 구조는 기존 금융시스템과 디지털 자산 기술을 결합하려는 시도라고 볼 수 있다.

특히 한국은 이미 전자증권 제도가 잘 구축된 국가이기 때문에 토큰증권 제도를 비교적 안정적으로 도입할 수 있는 환경을 가지고 있다.

정책 방향

한국 정부의 RWA 정책 방향은 크게 세 가지로 정리할 수 있다.

1. 제도권 금융과의 통합

한국은 암호화폐 시장을 별도의 금융시스템으로 운영하기보다는 기존 금융 규제 체계 안으로 편입하는 방향을 선택하고 있다.

이러한 접근 방식은 금융 안정성을 유지하면서 디지털 자산 산업을 발전시키려는 전략이다.

2. 투자자 보호 강화

디지털 자산 시장은 가격 변동성과 사기 위험이 존재하기 때문에 투자자 보호 정책이 매우 중요하다.

한국 금융당국은 다음과 같은 정책을 고려하고 있다.

· 발행 기업 공시 의무 / 투자자 보호 장치 / 거래 플랫폼 규제

3. 산업 육성 정책

한국은 블록체인 산업을 미래 성장 산업으로 보고 있다. 정부는 기술 개발과 금융 혁신을 동시에 추진하려는 정책 방향을 가지고 있다.

특히 토큰증권 시장이 활성화되면 다음과 같은 산업이 성장할 가능성이 있다.

· 디지털 자산 플랫폼 / 블록체인 금융 서비스 / 새로운 투자 상품 시장

이러한 변화는 한국 금융 산업에 새로운 기회를 제공할 수 있다.

한국 금융 시장의 변화 (한국의 STO 정책 방향)

① 금융 혁신 촉진

블록체인 기술을 활용한 새로운 금융 서비스 육성

② 투자자 보호 강화

증권 규제를 적용하여 투자자 피해 방지

③ 실물 자산 시장 활성화

부동산, 미술품, 문화자산 등 다양한 자산의 토큰화를 지원

④ 글로벌 금융 경쟁력 확보

토큰증권 시장을 통해 한국 금융 산업의 경쟁력을 강화

한국 금융시장은 오랫동안 은행과 증권사 중심 구조를 유지해 왔다. 그러나 디지털 금융 기술이 발전하면서 금융 산업의 구조도 점차 변화하고 있다.

토큰증권과 RWA 시장이 성장하면 다음과 같은 변화가 나타날 수 있다.

· 새로운 금융 플랫폼 등장
· 투자 시장의 디지털화
· 글로벌 투자자 참여 확대

특히 한국은 IT 기술과 금융 인프라가 잘 구축된 국가이기 때문에 디지털 금융 혁신을 빠르게 도입할 수 있는 환경을 가지고 있다.

향후, 한국 RWA 시장의 성장은 규제 정책, 금융기관 참여, 기술 발전이라는 세 가지 요소에 의해 결정될 가능성이 크다.

제23장. 한국 RWA 준비 기업

증권사 | 플랫폼 기업 | 블록체인 기업 | 새로운 금융 생태계

RWA(Real World Asset, 실물자산 토큰) 시장이 전 세계 금융 산업의 새로운 흐름으로 자리 잡으면서 한국에서도 관련 기업들이 빠르게 움직이기 시작했다. 특히 증권사, 디지털 플랫폼 기업, 블록체인 기술 기업이 중심이 되어 새로운 금융 생태계를 준비하고 있다.

토큰증권(STO) 제도가 도입되면 금융기관은 단순히 투자 상품을 중개하는 역할을 넘어 디지털 자산 발행과 거래를 지원하는 플랫폼 사업자로 변할 가능성이 있다. 이러한 변화는 한국 금융 산업의 경쟁 구조에도 큰 영향을 미칠 수 있다.

이 장에서는 한국에서 RWA 시장을 준비하고 있는 주요 기업 유형과 전략을 살펴본다.

증권사

한국에서 RWA 시장을 가장 적극적으로 준비하고 있는 기업들은 증권사다. 토큰증권은 본질적으로 증권과 유사한 성격을 가지고 있기 때문에 기존 증권사가 시장의 핵심 플레이어가 될 가능성이 크다.

특히 대형 증권사들은 이미 블록체인 기반 디지털 자산 사업을 준비하고 있다.

대표적인 기업으로는 다음과 같은 증권사가 있다.

- KB Securities(미술품, 웹툰, 영화배급 취급하는 - "ST오너스" 출범)
- NH Investment & Securities(탄소배출권, 명품 수집품, 비상장주식 거래 등 - "STO비젼그룹" 출범
- 한국투자증권(카카오뱅크, 토스뱅크 협력 - "한국투자ST프렌즈" 출범)
- 농협, 수협, 전북은행 토큰증권 생태계 구축 콘소시엄 구축

이들 외 많은 증권사, 금융기관들이 토큰증권 발행 플랫폼과 디지털 자산 거래 인프라 구축을 준비하고 있다.

특히 미래에셋증권은 글로벌 금융 네트워크를 활용하여 디지털 자산 시장에서 새로운 금융 모델을 모색하고 있다. 또한 NH투자증권과 KB증권도 블록체인 기반 금융 서비스 개발에 적극적으로 참여하고 있다.

증권사들이 RWA 시장에 관심을 가지는 이유는 명확하다. 토큰증권 시장이 성장하면 새로운 투자 상품 시장이 만들어지기 때문이다.

예를 들어 다음과 같은 자산이 토큰증권 형태로 발행될 수 있다.

· 부동산 / 예술품 / 콘텐츠 IP / 인프라 자산

이러한 자산은 기존 금융 상품과 다른 새로운 투자 시장을 만들 수 있다.

플랫폼 기업

RWA 시장에서는 금융기관뿐 아니라 디지털 플랫폼 기업도 중요한 역할을 할 수 있다. 디지털 플랫폼은 투자자와 자산을 연결하는 시장을 만들 수 있기 때문이다.

한국에서는 이미 조각 투자 플랫폼이 등장했다.
대표적인 기업으로는 다음과 같은 플랫폼이 있다.

· 데이터시티위마켓 (DATACITY WEMARKET) / 뮤직카우 (Musicow) / 카사 (Kasa Korea) / 테사 (Tessa)

데이터시티위마켓은 블록체인과 탈중앙화 기반의 RWA플랫폼(www.rwahub.app)을 운영하며, 싱가포르 피오닉스에 RWAHUB를 거래소 상장함, 향후 글로벌 거래소 확대와 추가로 서브 토큰 상장을 준비 중이다.

뮤직카우는 음악 저작권을 기반으로 한 투자 플랫폼이다. 투자자들은 음악 저작권 수익의 일부 지분을 구매할 수 있다.

카사는 부동산 조각 투자 플랫폼으로 상업용 부동산을 지분 형태로 분할하여 투자자들에게 제공하는 구조를 운영하고 있다.

테사는 미술품 투자 플랫폼으로 유명 미술 작품을 공동 투자 형태로 제공하는 서비스다.

이러한 플랫폼들은 이미 RWA 금융의 초기 모델을 보여주고 있다.

다만 현재 한국에서는 토큰증권 관련 규제가 완전히 정비되지 않았기 때문에 일부 플랫폼은 기존 금융 규제 안에서 서비스를 운영하고 있다.

블록체인 기업

RWA 시장에서는 기술 기업의 역할도 매우 중요하다. 블록체인 기술, 스마트 계약, 디지털 자산 관리 시스템 같은 기술이 필요하기 때문이다.

한국에는 다양한 블록체인 기업이 존재한다.

대표적인 기업은 다음과 같다.

· 두나무 (Dunamu) / 그라운드X (Ground X) / 람다256 (Lambda256)

두나무는 암호화폐 거래소 Upbit를 운영하는 기업으로 디지털 자산 시장에서 중요한 역할을 하고 있다.

그라운드X는 블록체인 플랫폼 개발을 진행해 온 기업이며 다양한 디지털 자산 프로젝트에 참여하고 있다.

람다256은 블록체인 인프라 서비스를 제공하는 기업으로 기업용 블록체인 기술을 개발하고 있다.

이러한 기술 기업들은 향후 RWA 플랫폼 구축과 디지털 자산 관리 시스템에서 중요한 역할을 할 가능성이 있다.

새로운 금융 생태계

한국 RWA 시장이 성장하면 금융 산업의 구조도 크게 변화할 가능성이 있다.

특히 다음과 같은 새로운 금융 생태계가 형성될 수 있다.

1. 증권사 중심 발행 시장

증권사는 토큰증권 발행과 투자 상품 구조 설계 역할을 담당할 가능성이 크다.

2. 플랫폼 기반 거래 시장

디지털 플랫폼은 투자자들이 자산을 거래할 수 있는 시장을 제공할 수 있다.

3. 기술 기업 인프라

블록체인 기업은 디지털 자산 발행과 거래 시스템을 구축하는 역할을 담당할 수 있다.

이러한 구조는 기존 금융 산업과 IT 산업이 결합하는 새로운 금융 생태계를 만들어 낼 가능성이 있다.

한국은 세계적으로 높은 수준의 IT 인프라와 금융시스템을 가지고 있기 때문에 RWA 시장에서도 경쟁력을 가질 수 있는 환경을 갖추고 있다.

다음 장에서는 한국 RWA 시장의 가장 중요한 영역 중 하나인 부동산 토큰화 시장의 가능성과 구조를 살펴본다.

제24장. 한국에서 가장 큰 RWA 시장

부동산 | 콘텐츠 IP | 탄소배출권 | 한국 RWA 시장의 핵심 산업

한국에서 RWA(Real World Asset, 실물자산 토큰) 시장이 본격적으로 성장하기 시작하면 어떤 자산이 가장 큰 시장을 형성하게 될까. 글로벌 사례와 한국 산업 구조를 함께 살펴보면 몇 가지 핵심 분야가 나타난다.

특히 한국에서는 부동산, 콘텐츠 IP, 탄소배출권이 RWA 시장에서 가장 큰 잠재력을 가진 분야로 평가된다. 이 세 가지 자산은 모두 시장 규모가 크고 장기적인 수익 구조를 가지고 있으며 디지털 토큰화가 가능한 특징을 가지고 있다.

한국의 금융 정책과 산업 구조를 고려할 때 향후 RWA 시장의 핵심은 부동산 금융, 문화 콘텐츠 산업, ESG 기반 환경 금융이 될 가능성이 높다.

이 장에서는 한국에서 가장 큰 RWA 시장이 될 수 있는 세 가지 산업을 살펴본다.

부동산

한국에서 가장 큰 자산 시장은 단연 부동산 시장이다. 주거용 부동산뿐 아니라 오피스빌딩, 상업용 건물, 물류센터, 호텔 같은 상업용 부동산도 막대한 자산 규모를 형성하고 있다.

서울의 주요 업무지구에 위치한 대형 빌딩은 수천억 원 이상의 가치를 가지고 있다. 예를 들어 Gangnam District, Yeouido, Gwanghwamun 같은 지역에는 대형 오피스빌딩이 집중되어 있다.

전통적인 부동산 투자 시장에서는 이러한 자산에 투자하기 위해 막대한 자본이 필요했다. 그러나 RWA 기술이 도입되면 부동산 자산을 디지털 토큰 형태로 분할하여 투자할 수 있다.

이미 한국에서는 부동산 조각 투자 플랫폼이 등장했다. 대표적인 사례가 Kasa Korea다. 이 플랫폼은 상업용 부동산을 지분 형태로 분할하여 투자자들이 소액으로 투자할 수 있도록 하는 구조를 운영하고 있다.[03]

---

03   Kasa Korea는 상업용 부동산을 지분 형태로 분할하여 투자할 수 있는 부동산 조각 투자 플랫폼을 운영하고 있다.

부동산 토큰화는 다음과 같은 장점을 가진다.

· 투자 접근성 확대 / 부동산 시장 유동성 증가 / 글로벌 투자 가능성

특히 한국처럼 부동산 자산 규모가 큰 국가에서는 RWA 부동산 시장이 매우 빠르게 성장할 가능성이 있다.

콘텐츠 IP

한국이 세계적으로 경쟁력을 가진 또 하나의 산업은 문화 콘텐츠 산업이다. 음악, 영화, 드라마, 게임, 웹툰 같은 콘텐츠는 이미 글로벌 시장에서 큰 영향력을 가지고 있다.

특히 K-콘텐츠 산업은 최근 몇 년 사이 빠르게 성장했다. 글로벌 스트리밍 플랫폼의 확산으로 한국 콘텐츠의 시장 규모가 크게 확대된 것이다.

예를 들어 글로벌 음악 시장에서는 BTS 같은 아티스트가 세계적인 성공을 거두었다. 영화 산업에서는 Parasite가 세계 영화 시장에서 큰 주목을 받았다.

콘텐츠 산업의 핵심 자산은 지식재산권(IP)이다. 음악 저작권, 영화

판권, 캐릭터 권리, 게임 IP 등은 장기간에 걸쳐 수익을 창출할 수 있
는 자산이다.

한국에서는 이미 콘텐츠 기반 투자 플랫폼이 등장했다. 대표적인
사례가 음악 저작권 투자 플랫폼 Musicow다.

뮤직카우는 음악 저작권 수익을 투자 상품 형태로 제공하는 플랫폼
이다.[04] 투자자들은 음악 저작권 수익의 일부 지분에 투자할 수 있다.

콘텐츠 IP는 다음과 같은 특징 때문에 RWA 자산으로 적합하다.

· 장기 수익 구조 / 글로벌 시장 확대 가능성 / 디지털 자산화 용이

한국은 콘텐츠 산업 경쟁력이 높은 국가이기 때문에 이 분야의
RWA 시장도 크게 성장할 가능성이 있다.

탄소배출권

최근 금융시장에서 가장 빠르게 성장하는 자산 가운데 하나가 탄
소배출권 시장이다. 기후 변화 대응과 환경 정책이 강화되면서 탄소시

---

04   Musicow는 음악 저작권 수익을 기반으로 한 투자 플랫폼으로 콘텐츠 IP 금융 모델의
      대표적인 사례다.

장의 규모도 빠르게 확대되고 있다.

한국에서도 탄소 배출을 줄이기 위한 정책이 시행되고 있다. 대표적인 제도가 Korea Emissions Trading Scheme(한국 배출권 거래제)다. 이 제도에서는 기업들이 일정한 탄소 배출 한도 안에서 운영해야 하며 초과 배출이 발생하면 배출권을 구매해야 한다.[05]

탄소배출권 시장은 다음과 같은 특징을 가진다.

· 정책 기반 시장 / ESG 투자 확대 / 글로벌 거래 가능성

블록체인 기술이 도입되면 탄소배출권 거래 기록과 인증 데이터를 투명하게 관리할 수 있다. 이러한 특징 때문에 탄소배출권은 RWA 금융과 매우 잘 맞는 자산으로 평가된다.

특히 ESG 투자 흐름이 강화되면서 탄소배출권 시장은 향후 매우 큰 금융시장으로 성장할 가능성이 있다.

한국 RWA 시장의 핵심 산업

한국의 산업 구조와 금융 환경을 고려할 때 RWA 시장은 몇 가지

05　Korea Emissions Trading Scheme은 한국 정부가 운영하는 탄소배출권 거래 제도로 기업들의 온실가스 배출을 관리하는 정책이다.

핵심 분야를 중심으로 성장할 가능성이 높다.

대표적인 산업은 다음과 같다.

· 부동산 금융 / 콘텐츠 IP 투자 / 탄소배출권 시장

이 세 분야는 시장 규모가 크고 장기적인 투자 구조를 만들 수 있다는 공통점을 가지고 있다.

특히 한국은 IT 인프라와 디지털 기술이 발달한 국가이기 때문에 디지털 금융 혁신을 빠르게 도입할 수 있는 환경을 가지고 있다.

향후 RWA 시장이 성장하면 한국 금융 산업도 새로운 투자 시장과 금융 모델을 만들어 낼 가능성이 있다.

다음 장에서는 이러한 변화 속에서 개인 투자자들이 RWA 시장에서 어떤 투자 전략을 세울 수 있는지 살펴보겠다. RWA 시장은 기존 투자 방식과 다른 새로운 투자 기회를 제공할 수 있기 때문이다.

제25장. RWA가 바꾸는 미래 금융

금융 민주화 | 글로벌 투자 시장 | 새로운 자산 시대 | 디지털 금융 혁명의 시작

금융의 역사는 기술 발전과 함께 변화해 왔다. 종이 화폐의 등장, 은행 시스템의 발전, 인터넷 금융의 확산은 모두 금융시장의 구조를 바꾼 중요한 혁신이었다.

오늘날 금융 산업은 또 하나의 중요한 변화를 맞이하고 있다. 바로 실물자산 토큰화(RWA, Real World Asset)를 중심으로 한 디지털 금융 혁신이다.

블록체인 기술과 디지털 자산 시스템이 결합하면서 금융자산의 발행, 거래, 투자 방식이 빠르게 변화하고 있다. 이러한 변화는 단순히 새로운 투자 상품이 등장하는 것을 넘어 금융시스템 자체의 구조를 변화시키는 혁신으로 평가된다.

RWA가 본격적으로 확산되면 금융시장은 더 개방적이고 글로벌한 투자 환경으로 발전할 가능성이 있다. 이 장에서는 RWA가 만들어 낼 미래 금융의 모습을 세 가지 측면에서 살펴본다.

금융 민주화

RWA가 가져올 가장 큰 변화 가운데 하나는 금융 민주화(Financial Democratization)다.

전통적인 금융시장에서는 투자 기회가 특정 계층에게 집중되는 경향이 있었다. 예를 들어 대형 부동산 투자, 인프라 프로젝트, 미술품 투자 같은 자산은 일반 개인 투자자가 접근하기 어려웠다.

이러한 자산은 보통 다음과 같은 투자자들이 참여하는 시장이었다.

· 기관 투자자 / 고액 자산가 / 대형 금융회사

그러나 블록체인 기반 토큰화 기술이 등장하면서 이러한 구조가 변화하기 시작했다. 자산을 디지털 토큰 형태로 분할하여 발행하면 소액 투자자들도 시장에 참여할 수 있기 때문이다.

예를 들어 수천억 원 규모의 빌딩도 수만 개의 디지털 토큰으로 나누어 투자할 수 있다. 투자자는 소액으로도 해당 자산의 일부 지분을 보유할 수 있다.

이러한 구조는 금융시장의 접근성을 크게 확대할 수 있다. 과거에는 특정 투자자만 참여할 수 있었던 시장이 이제는 더 많은 사람들에게 열릴 수 있기 때문이다.

글로벌 투자 시장

RWA 금융은 국경을 넘는 글로벌 투자 시장을 만들 가능성이 있다. 전통 금융시스템에서는 국가마다 금융 규제와 거래 인프라가 다르기 때문에 국제 투자 과정이 복잡했다. 특히 부동산이나 인프라 자산 같은 실물자산은 해외 투자자가 접근하기 어려운 경우가 많았다.

그러나 디지털 자산 기술은 이러한 장벽을 낮출 수 있다. 자산을 블록체인 기반 토큰으로 발행하면 글로벌 투자자들이 디지털 플랫폼을 통해 참여할 수 있기 때문이다.

이미 일부 글로벌 금융기관은 이러한 시장 가능성을 주목하고 있다. 예를 들어 세계 최대 자산운용사 가운데 하나인 BlackRock은 디지털 자산과 토큰화 금융 시장의 성장 가능성을 강조해 왔다.[06]

---

06   BlackRock은 디지털 자산과 토큰화 금융이 향후 금융시장의 중요한 변화가 될 가능성

또한 글로벌 금융기관인 JPMorgan Chase 역시 블록체인 기반 금융 인프라를 개발하며 디지털 자산 시장을 준비하고 있다.[07]

RWA 시장이 성장하면 다음과 같은 변화가 나타날 수 있다.

 · 글로벌 투자 플랫폼 등장 / 국가 간 자산 거래 확대 / 디지털 금융 인프라
   구축

이러한 변화는 금융시장을 더 국제적인 투자 환경으로 발전시킬 수 있다.

새로운 자산 시대

RWA 금융은 새로운 자산 시대를 열 가능성이 있다.

지금까지 금융시장에서 주요 투자 자산은 주식, 채권, 부동산 같은 전통적인 자산이었다. 그러나 디지털 금융 기술이 발전하면서 투자 대상 자산의 범위도 빠르게 확대되고 있다.

을 여러 보고서를 통해 언급해 왔다.

07 JPMorgan Chase는 블록체인 기반 금융 플랫폼을 개발하며 디지털 자산 금융 인프라 구축을 추진하고 있다.

RWA 시스템에서는 다음과 같은 다양한 자산이 투자 대상이 될 수 있다.

· 부동산 / 예술품 / 콘텐츠 IP / 탄소배출권 / 인프라 자산 / 기업 매출채권

이러한 자산은 기존 금융시장에서는 거래가 어렵거나 접근하기 어려웠던 영역이다. 그러나 토큰화 기술이 도입되면 새로운 투자 상품으로 발전할 수 있다.

특히 데이터 기반 경제가 발전하면서 무형 자산의 가치도 빠르게 증가하고 있다. 음악 저작권, 영화 판권, 게임 IP 같은 자산은 장기간 수익을 창출할 수 있는 투자 자산으로 평가되고 있다.

이러한 변화는 금융시장의 구조를 크게 확장시킬 수 있다.

디지털 금융 혁명의 시작

RWA는 단순한 기술 혁신이 아니라 금융 산업의 새로운 패러다임을 의미한다.

과거 금융시장은 중앙기관 중심으로 운영되었다. 은행, 증권사, 거래소 같은 기관이 금융시스템의 핵심 역할을 담당했다.

그러나 블록체인 기술이 발전하면서 금융시스템도 점차 디지털 네트워크 기반 구조로 변화하고 있다.

이러한 변화는 다음과 같은 특징을 가진다.

· 금융자산의 디지털화 / 투자 시장의 글로벌화 / 새로운 금융 플랫폼 등장

RWA 금융이 확산되면 금융 산업은 더 개방적이고 효율적인 구조로 발전할 가능성이 있다.

특히 한국과 같은 디지털 기술 강국에서는 이러한 변화가 더 빠르게 나타날 수 있다. 한국은 IT 인프라, 금융시스템, 콘텐츠 산업 등 여러 분야에서 경쟁력을 가지고 있기 때문이다.

앞으로 RWA 시장은 단순한 투자 트렌드를 넘어 미래 금융시스템의 중요한 구성 요소가 될 가능성이 있다.

이러한 변화 속에서 개인 투자자와 기업, 국가가 RWA 시대에 어떻게 대응해야 하는지를 다음에 기술한다. 디지털 금융 혁명은 이미 시작되었으며 앞으로 금융시장의 방향을 결정하는 중요한 흐름이 될 것이다.

에필로그

토큰 경제의 시대 | 모든 자산의 디지털화
금융의 미래 | 새로운 투자 기회 | 새로운 금융 시대의 시작

인류의 경제시스템은 기술의 발전과 함께 끊임없이 변화해 왔다. 농업 혁명은 토지 중심의 경제를 만들었고, 산업 혁명은 자본과 생산 중심의 경제를 만들었다. 그리고 인터넷 혁명은 정보와 데이터가 중심이 되는 디지털 경제를 탄생시켰다.

이제 우리는 또 하나의 중요한 변화를 맞이하고 있다. 바로 자산의 디지털화와 토큰 경제(Token Economy)의 등장이다.

블록체인 기술이 발전하면서 금융자산뿐 아니라 다양한 실물자산이 디지털 형태로 전환되고 있다. 부동산, 예술품, 콘텐츠 IP, 탄소배출권, 인프라 자산, 기업 채권 등 다양한 자산이 디지털 토큰 형태로 발행되고 거래되는 시대가 열리고 있다.

이러한 변화는 단순한 기술 혁신을 넘어 경제시스템 자체를 변화시키는 흐름이라고 볼 수 있다.

토큰 경제의 시대

토큰 경제란 디지털 토큰을 중심으로 자산과 가치가 교환되는 경제 시스템을 의미한다.

과거 금융시스템에서는 은행, 증권사, 중앙기관이 거래를 관리하고 기록을 유지하는 역할을 했다. 그러나 블록체인 기술이 등장하면서 거래 기록과 자산 관리가 분산 네트워크에서 이루어질 수 있게 되었다.

이러한 변화는 새로운 금융 구조를 만들고 있다.

디지털 토큰은 단순한 암호화폐를 넘어 다양한 경제 활동에 활용될 수 있다. 예를 들어 다음과 같은 형태가 가능하다.

· 디지털 증권 / 자산 토큰 / 디지털 채권 / 디지털 소유권

세계적인 금융기관들도 이러한 변화를 주목하고 있다. 세계 최대 자산운용사 가운데 하나인 BlackRock은 토큰화 금융이 향후 금융시장의 중요한 흐름이 될 가능성을 언급해 왔다.[01]

---

01 BlackRock은 디지털 자산과 토큰화 금융이 향후 금융시장의 중요한 변화가 될 가능성

또한 글로벌 금융기관인 JPMorgan Chase 역시 블록체인 기반 금융 인프라를 개발하며 디지털 금융 시대를 준비하고 있다.[02]

토큰 경제는 금융자산의 발행, 거래, 투자 방식을 근본적으로 변화시킬 수 있다.

모든 자산의 디지털화

RWA(Real World Asset, 실물자산 토큰)의 핵심 개념은 실물자산을 디지털 자산으로 전환하는 것이다.

지금까지 많은 자산은 물리적인 형태나 복잡한 법적 구조 때문에 거래가 어려웠다. 부동산, 예술품, 인프라 자산 같은 자산은 거래 과정이 복잡하고 투자 접근성이 제한적이었다.

그러나 블록체인 기술을 활용하면 이러한 자산을 디지털 형태로 발행하고 관리할 수 있다.

예를 들어 한 건물의 소유권을 수천 개의 디지털 토큰으로 나누면

을 여러 보고서에서 언급해 왔다.

02   JPMorgan Chase는 블록체인 기반 금융 플랫폼을 개발하며 디지털 자산 금융 인프라 구축을 추진하고 있다.

더 많은 투자자가 해당 자산에 참여할 수 있다. 미술 작품이나 음악 저작권 같은 자산도 디지털 토큰 형태로 발행할 수 있다.

이러한 구조는 자산 시장의 유동성과 접근성을 크게 확대할 수 있다.
일부 연구에서는 향후 수년 안에 수십조 달러 규모의 실물자산이 토큰화될 가능성을 제시하기도 한다.[03]
이러한 변화는 금융시장의 구조를 크게 확장시킬 수 있다.

금융의 미래

미래 금융시스템은 지금과 다른 모습이 될 가능성이 있다.
전통적인 금융시스템에서는 은행과 증권사가 금융 시장의 중심이었다. 그러나 디지털 금융 기술이 발전하면서 금융 서비스의 구조도 점차 변화하고 있다.
특히 다음과 같은 변화가 예상된다.

1. 디지털 자산 시장 확대
토큰화 금융이 발전하면서 다양한 자산이 디지털 투자 상품으로 등장할 수 있다.

---

03   여러 글로벌 금융 연구기관들은 향후 수십조 달러 규모의 실물자산이 토큰화될 가능성을 전망하고 있다.

2. 글로벌 금융 네트워크

블록체인 기반 금융시스템은 국경을 넘어 글로벌 금융 시장을 연결할 수 있다.

3. 새로운 금융 플랫폼

디지털 자산 거래 플랫폼이 금융시장에서 중요한 역할을 하게 될 가능성이 있다.

이러한 변화는 금융 산업의 경쟁 구조도 바꿀 수 있다.

새로운 투자 기회

RWA 시대는 투자자들에게도 새로운 기회를 제공할 수 있다.

과거에는 투자 기회가 제한된 자산 시장이 많았다. 대형 부동산 투자나 인프라 프로젝트, 예술품 투자 같은 자산은 일부 투자자에게만 열려 있었다.

그러나 토큰화 금융이 발전하면 이러한 자산에도 더 많은 투자자가 참여할 수 있다.

예를 들어 다음과 같은 투자 기회가 등장할 수 있다.

• 글로벌 부동산 투자 / 콘텐츠 IP 투자 / 탄소배출권 투자 / 인프라 자산 투자

이러한 시장은 앞으로 수십 년 동안 새로운 금융 산업으로 성장할 가능성이 있다.

새로운 금융 시대의 시작

금융의 역사는 끊임없는 혁신의 과정이었다. 종이 화폐의 등장, 중앙은행 시스템, 전자 금융, 인터넷뱅킹 등 수많은 변화가 금융시스템을 발전시켜 왔다.

이제 우리는 또 하나의 중요한 변화의 출발점에 서 있다.

실물자산 토큰화(RWA)는 단순한 기술 트렌드가 아니라 금융 산업의 구조를 변화시킬 가능성을 가진 혁신이다.

물론 이러한 변화가 하루아침에 이루어지지는 않을 것이다. 규제 문제, 기술 발전, 시장 안정성 등 해결해야 할 과제도 많다.

그러나 역사적으로 금융 혁신은 언제나 새로운 기술과 함께 발전해 왔다.

RWA와 토큰 경제 역시 이러한 변화의 흐름 속에서 성장할 가능성이 크다.

미래의 금융시장에서는 자산의 디지털화와 글로벌 투자 시장이 중요한 역할을 할 것이다.

그리고 그 변화의 중심에는 RWA 혁명이 있을지도 모른다.

이 책이 RWA와 토큰화 금융이 만들어 갈 미래 금융시장의 변화와 가능성을 이해하는 데 도움이 되는 하나의 안내서가 되기를 바란다.

2026년 새봄
저자 문태성 상재

부록

㈜데이터시티위마켓 사례 탐구[01]

1. 회사 개요 ㈜데이터시티위마켓

■ 회사 소개 　　　　　　　RWAHUB: 실물자산을 디지털 자산으로 관리하는 토털 플랫폼

㈜데이터시티위마켓
- 2018년 설립, 2023년 RWA 플랫폼 개발 착수, 2024년 메타버스 메인넷 론칭
  2024년 RWAHUB 플랫폼 운영
- 주소: 서울시 강서구 마곡중앙4로 22 마곡파인스퀘어 A동 816호(5호선 마곡역 근처)
- RWAHUB 홈페이지 www.rwahub.app

RWAHUB는 실물 자산을 블록체인+Web3+AI 융합 플랫폼 운영을 통해 투명하게 디지털 토큰화함
실물 자산의 유동성을 확보하도록 하기 위해 글로벌 홍보, 투자, 마케팅 활동
또한 수익성 높고 다양한 사업군을 수용할 수 있는 모듈 확장형 시스템
- 분야: 메인 RWAHUB, 서브 자산군: 부동산, 자원(광물,금광), 유물, K-컬처, 팝, 푸드, 탄소배출권, 리조트

거래소 상장 준비
2025~26년 국내외 주요 암호화폐 거래소 상장을 목표로, RWA 협력 업체를 공개 모집중이며 글로벌 거래소
시장 진출을 본격화하고 있음
- 2026년 Pionex 거래소 상장(26.02월)
  26년 상반기 Bybit, BingX, OKX 등 주요 CEX 상장 추진 예정

01　　자료 제공 : 김규영(데이터시티위마켓 자문위원 및 고문)

2. 대표이사 장진우 소개

■ 경력 배경

장진우 대표는 연세대학교 졸업, 싱가포르 시온인터내셔널 대표 경력, 경희대 겸임교수 활동, 관광벤처 1세대 기업 창업 경험

■ 경영 철학

장진우 대표는 가상화폐 시장이 유틸리티 기반 실물자산 연결 시장으로 전환될 것으로 예상하고, 스테이블코인이 RWA가 금융 시장의 신뢰 기반이 될 것이라는 방향을 꾸준히 언급하고 있다.

이는 전통 금융 변화와 디지털 실물자산 연결이라는 전략적 관점을 갖고 있음을 시사한다.

3. RWAHUB 준비 상황

본 플랫폼은 실물자산을 블록체인 기반으로 토큰화 거래하는 RWA 플랫폼을 개발 운영 중이다. 본 플랫폼은 현시점에서 메인허브 역할과 여러 서브코인(Sub Coin)을 발행 연결하는 구조이며 특징은 보상 개념이 있다는 점이 특이하다.

그리고 자체 전자지갑 및 탈중앙화 P2P 거래 기능을 탑재하였다.

회사 측은 현장, 실물 검증 조건을 충족한 서브 코인 약 30종 이상을 RWAHUB에서 판매, 거래 시작 및 점차 확대 플랫폼 내 RWA 기반 자산의 발행, 토큰 경제를 구현하고자 하며 이는 단일 토큰 중심 체계가 아니라 다양한 유무형 자산을 멀티 토큰화하려는 구조라고 할 수 있다고 한다.

4. 거래소 상장 및 RWAHUB 플랫폼 운영

■ 싱가포르 거래소 상장

㈜데이터시티위마켓은 RWAHUB 메인토큰(RWAHUB 코인)을 2026년 1월에 싱가포르 소재 거래소 피오넥스(Pionex)에 상장했고, 4월 추가 상장(글로벌 거래소 TOP 10권 내 목표) 준비 중이다.

RWAHUB 플랫폼를 통해 유동성 확대, DAO 적용 및 커뮤니티 활성화 기반 확보, 플랫폼 내에서 P2P 거래 활성화를 목표로 하고 있다.

싱가포르는 글로벌 디지털 자산 시장에서 중요한 지역이기 때문에 실물자산 토큰화 시장 접근을 위한 전략 거점으로 활용되는 사례가 점점 늘고 있다고 한다.

5. RWA 관련 사업·연구

실물자산(부동산, 예술품, ESG 플랜트, 광물, 지적재산권, 탄소배출권)과 가상화폐를 연결하는 구조가 미래 금융 변화의 핵심이라고 설명하며, 인플레이션/경제 변동기에 RWA, 스테이블코인이 신뢰 기반 대체 자산으로 약진 가능성이 매우 크다고 예측하고 사업을 준비하고 있다 함.

또한 탄소배출권 기반 RWA 계약도 진행함을 발표 (말레이시아 케나프 플랜트 사업 등)

글로벌 문화, 여행, 럭셔리 패션 융합 상품 사업을 확장하는 제휴도 공개

– 서브 자산군 발굴 구축 중 (멀티온보딩 인프라 플랫폼)

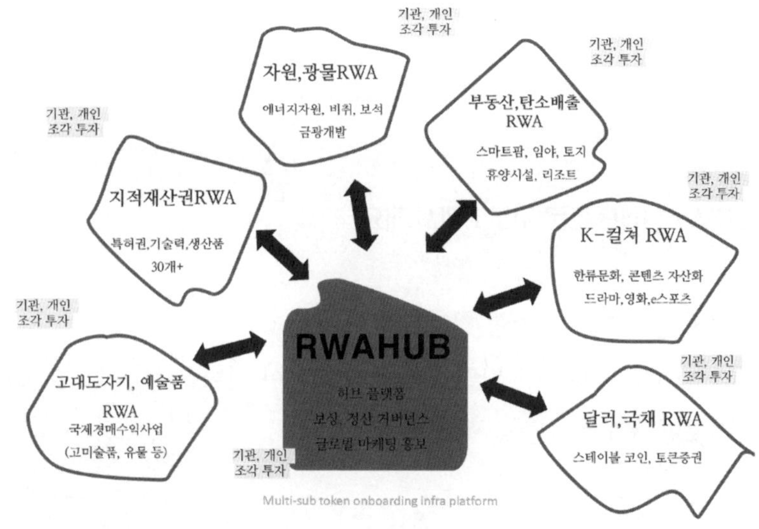

이들 발표는 RWA 자산 다양화와 비금융 실물 연결 시도라는 점에서 전략적 방향을 보여주고 있음

6. RWAHUB 프로젝트 상황

RWAHUB 플랫폼 개발 운영 중, 싱가포르 거래소 상장 완료(2026. 2), 2026년 상반기 2~3개 거래소 추가 상장 추진, 서브코인 판매, P2P 거래 인프라 가동 시작, 탄소배출권 등 실물 RWA 계약 체결 사례, 글로벌 SNS 홍보용 콘텐츠 제작 중 이후 본격적인 활동 예정

7. 투자자 검토할 점 (투자/분석)

실물자산 담보가 법적 RWA 금융 상품으로 확정된 구조 여부와 증권 금융당국의 제도적 승인 여부

8. RWAHUB 토큰 구조 / 백서 개요

1) 기본 콘셉트 — 지주형 멀티토큰 허브 구조
RWAHUB는 단순한 단일 유틸리티 토큰이 아니라 "지주형 멀티토큰 온보딩 플랫폼 토큰"을 목표로 설계.

데이터시티위마켓은 이를 통해 메인 허브 토큰 (RWAHUB Token)과, 개별 자산/프로젝트 기반 서브 토큰(Sub Coin)이 함께 작동하는 구조를 제시.

2) 핵심 특징

RWAHUB가 플랫폼의 메인 허브 토큰 역할

각 프로젝트별 수십~수백 개 서브 토큰 발행 예정 및 온보딩 지원 플랫폼이 서브 코인에 대해 컨설팅, 위탁 운영 역할 수행

즉 RWAHUB는 실물자산 토큰화 생태계의 토큰 네트워크 중심 역할을 맡는 구조

3) 플랫폼 운영 구조 허브+서브

① 허브 토큰: 메인 RWAHUB

- 플랫폼 전체의 중개, 유동성 확보 토큰
- 글로벌 거래소 상장 및 거래 유동성 확보 목적
- 토큰 가치가 생태계 수요·거래 활성화와 연결되는 구조

② 서브 자산군 토큰: 프로젝트 기반 자산

- 우량한 자산군을 발굴 조건을 충족된 서브코인 약30종을 온보딩하여 유동성을 확보되도록 한다.
- 자체 전자지갑(P2P 탈중앙화 거래)에서 거래
- 각 프로젝트의 자산 평가서 공개 및 투자 정보 제공
- 서브 토큰의 프로젝트 성과에 따라 성장/상장을 수행

- 멀티 자산군 발굴 (실제 차이가 있을 수 있음)

● 현재 추진 중인 HWAHUB 플랫폼 서브자산군

전문자문단 및 외부 전문가 엄밀하게 사업성, 기업가치 평가

기업 가치,특허		
우리는 졸업치료제	지[illegible]	GBBRWA
핀테크	뉴비[illegible]스	PINRWA
미국 장외시장 상장대행	오매[illegible]c	OTCRWA
서민금융 플랫폼	오매[illegible]	OMEGARWA
역로,미용		GERWA
안전 보트류		BOATRWA
정책치료제	매[illegible]	MEDIHRWA
성형 가구		MEDIRWA
수질개선	위[illegible]	WATERRWA
농업 바이오		DWRWA
세균,살균 전문사		FROGRWA
동증패시		B1RWA
파크골프전문사		PARKGRWA
인삼 스마트팜		GREENRWA
OLED,태양광		LOTIRWA
장기능 개선 비태		HEALTHRWA
AI성경 영화		BIBLERWA
방위산업 드론 장갑차		DSVRWA
종합 화장품		HANKRWA
종합 화장품		IANERWA
LC TLRVNA		DELTARWA
해조류가공		SAMHRWA
관품삼 가공 화장품식품		SEARWA
골주체,골프용품		JOHNRWA
발효음료		ODIRWA
백신저		ANYRWA
스테비아,파인애플 염농		AGRIRWA
숙취 음료		OKAYRWA
ESG 발전		ESG1RWA
수소큐브		
자동차절감기	수[illegible]	
어묵버거 어묵피자	어묵버거,[illegible]피자	BURGERRWA

컬쳐		
글로벌	슈퍼탈연[illegible]회,만남 이벤[illegible]	TALENTRWA
대회,교육,이벤트, PC방연계	K E [illegible]원	KERWA
여주 SLAS, 제주 뉴코리아		미발행
골프대회등	양[illegible] 천[illegible]	KYANGRWA
자체,협업		
공동개발,수익분배		EOMEGARWA
공동개발,수익분배		ESTATERWA
맞춤 단체형 폰 (전용앱설치)		MAXGRWA
상품권 발행사업	[illegible]기[illegible] [illegible]사[illegible]	미정
탄소배출권		
페루 아마존지역 자연보호 4000만 평(우라알리)		PERURWA
말레이시아 케나프단지 2000만콩		MALRWA
환경제품전반	업체[illegible]	미정

유통,미술,보석		
불교미술	대[illegible]단	DAEKAKRWA
아기예수,눈방울비취		NO1RWA
송나라 여요		POTRWA
산업용 경옥		KXRWA
루비		RUBYRWA
중국 유롱		CHINARWA
국내 A급 미술모음		PIRWA
		미정
부동산		
몽골		MGSRWA
		MGREZRWA
국내		GSSRWA
국내	김[illegible]령)	KCH1S
	김천[illegible]행)	KCH2S
필리핀		PHILSRWA
라오스,국내		CHIMRWA
	아[illegible]각	JEJUARWA
국내		KGOLDRWA
몽골		MGGOLDRWA
필리핀	필[illegible]발	RESORTRWA
국내	제주[illegible]조트	JEJU3RWA
국내	고성[illegible]판등	KFRANRWA
국내	부[illegible]별	SEAHRWA

4) 토큰 경제와 동작 메커니즘

RWAHUB 토큰은 다음과 같은 기능적 역할

RWAHUB 플랫폼 역할

- 유동성 브리지: 글로벌 거래소 상장 및 거래 활성화 수단

- 수익 공유/포착 장치: 서브토큰 성과에 따라 생태계 구성 보상

- DAO 기반 거버넌스 요소: 커뮤니티 의사결정 요소로 작동 가능성

- 스테이블코인 연계: 결제/거래 결제 수단으로 달러 스테이블코인 활용

- P2P 거래 촉진: 자체 지갑 내 탈중앙화 거래 기능과 연동

– 토큰의 흐름도

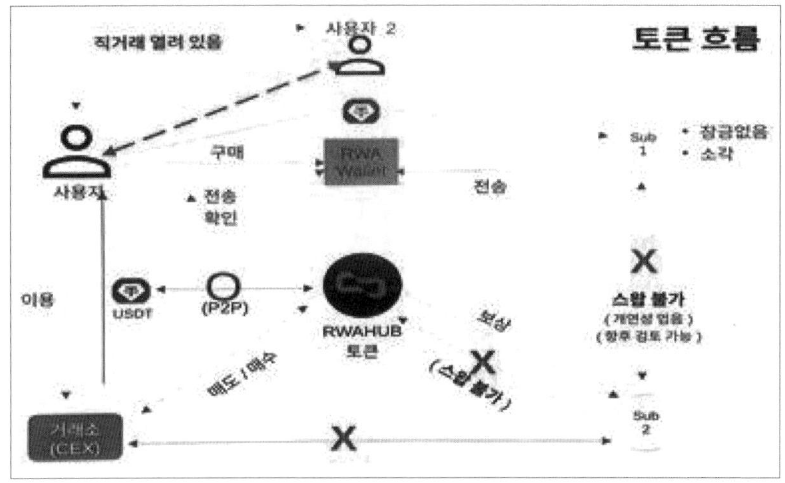

5) 백서(Whitepaper) 핵심 설계

백서에서 다루는 주요 항목

프로젝트 개요 및 목표

· 토큰 이코노미(Tokenomics) / 거버넌스 구조 (DAO) / 서브 토큰 온보딩 규정 / 거래 및 유통 메커니즘 / 로드맵 및 상장 전략

실제 백서 전문은 RWAHUB 공식 문서를 통해 확인할 수 있도록 제공돼 있으며, 이러한 백서는 투자자, 사용자에게 토큰 발행량, 분배, 락업 메커니즘 등 구체적인 항목을 제시함.

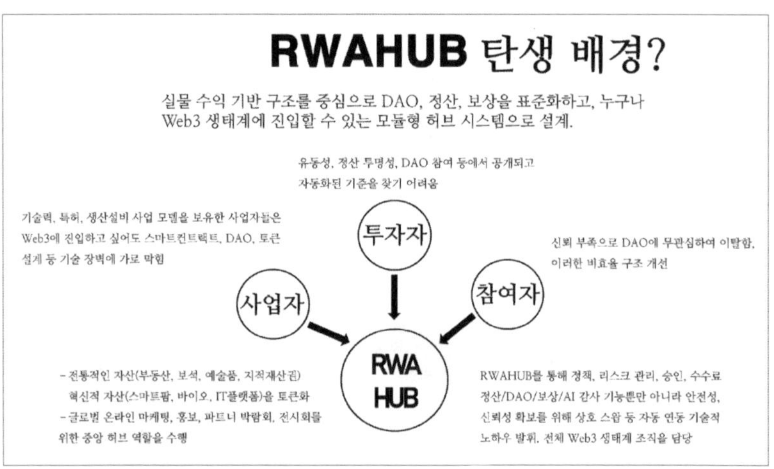

6) 기술 구조 — 탈중앙·자산 리스크 관리

AGOS (AI Governance Operating System) RWAHUB는 자체적으로 AGOS라 불리는 AI 기반 거버넌스 운영 시스템을 적용

– RWAHUB 플랫폼의 철학

미 션(Mission)	핵 심 가 치
DAO (Data Access Object)	● **현실 기반 자동화**: 실물 수익, 특허, 사업성과가 직접 연결된 DAO/정산 구조 제공
Smart Contract	● **초고속 온보딩 확장성**: 수백 개의 서브토큰을 빠르게 등록하고 운영할 수 있는 스마트컨트랙트 템플릿과 관리 시스템 보유
AGOS (AI Governance Operating System)	● **공정성과 신뢰성**: 서브 프로젝트는 동일한 메인 허브 기준에 따라 관리, 정산/보상 구조는 온체인 및 AI 기반 감사 시스템(AGOS) 으로 검증됨
Project (실물사업)	● **참여자 중심 분배**: 투자자, DAO 참여자, 서브코인 보유자 모두가 정량화된 기준에 따라 보상을 받고 플랫폼 의사결정에 실질적으로 참여함
Infra (실물사업 SUB Token참여,기여)	● **미래 연결성**: RWAHUB는 단일 프로젝트가 아닌, "RWA 프로젝트를 연결하는 구조 그 자체"

이 시스템은 서브 토큰 리스크를 분석·경고하고, 프로젝트 리스크가 부정적으로 평가될 때 조치 가능한 관리 레이어로 설계

특징

- AI 기반 리스크 신호 감지 / 사고 대응·재보상 체계 / 플랫폼 안정성 강화 목적

7) RWAHUB의 실물자산 연결 방안

RWAHUB 백서/공식 자료에 따르면 플랫폼은 다음과 같은 실물자산 기반 RWA 프로젝트도 추진 글로벌 자산군 개발

- 탄소배출권: 동남아 케나프, 남미 아마존 프로젝트 RWA 계약
- 지적재산/ K-콘텐츠 토큰화
- 부동산 및 금광개발, 스마트팜, ESG 자산 토큰화
- 여행·문화·패션 등 경험 기반 자산 토큰화 연계 협약 사례 다수 추진 중

이들 프로젝트는 RWAHUB 플랫폼의 토큰 네트워크 확장을 위한 사례로 기능할 수 있음

8) 정리 ― RWAHUB 토큰 핵심 포인트

지주형 멀티토큰 플랫폼 모델

→ RWAHUB가 메인 토큰, 다양한 서브 토큰과 연동되는 생태계 구조

글로벌 상장 전략

→ Pionex 및 Bybit, BingX 등 거래소를 통한 글로벌 유동성 확보

인공지능 AI 거버넌스 운영

→ AGOS 기반 리스크 및 플랫폼 안정성 모델

실물자산 RWA 확장 가능성

→ 탄소배출권 등 실제 자산 RWA 거래 사례

– 글로벌 자산군(해외 탄소배출권 발굴, 스마트 팜 단지 발굴)

9. RWAHUB 백서(토큰노믹스) 핵심 요약

1) 토큰 구조 설계 — 멀티토큰 생태계 중심 (지주형)

- RWAHUB는 단일 토큰 모델이 아니라 플랫폼 생태 계 기반 멀티토큰 구조
- RWAHUB 토큰을 마스터 허브 토큰으로 두는 구조
- 플랫폼내 개별 프로젝트는 서브토큰(Sub Token)으로 발행되어 RWAHUB 생태계에 통합
- RWAHUB는 이러한 서브 토큰 발행·거래·컨설팅·운 영을 지원하는 허브 역할

즉 토큰 구조는 RWAHUB 중심+다수 서브 토큰이 함께 움직이는 지주형 멀티토큰 모델

2) 토큰 역할 (Utility / 기능)

RWAHUB 코인은 다음과 같은 핵심 기능을 가지도록 설계

- 생태계 유동성 토큰: 글로벌 거래소 상장을 통해 RWAHUB 토큰 자체의 유동성을 확보.
- 서브 토큰 거래 및 교환 브리지: 플랫폼 내 탈중앙 P2P 거래 인프라에서 다른 서브 토큰과 교환·거래 수단으로 활용.
- 생태계 성장 인센티브: 자체 DAO 혹은 커뮤니티 거버넌스 참여에 활용 가능성이 제기

· 보상 구조: 플랫폼 생태계 참여자, 프로젝트와 보상/수익 공유 구조를 형성하려는 설계.

→ 요약하면 실물자산 토큰 거래, 유동성, 거버넌스, 보상 등 실물 연결 금융 역할을 염두에 두고 설계

3) 토큰 발행량 및 분배 구조

· 총 발행량(Total Supply) 50억개
· 커뮤니티/팀/재단 분배 비율, 벤처 지원·유동성 풀 비율 등의 구체적인 수치는 차후 공개

− 메인 및 허브 토큰 발행 계획 (상황, 규모에 따라 다소 차이가 있을 수 있음)

메인 토큰 발행 구조(50억 개, 초과 발행 설계)

메인 토큰 발행 구조(50억 개, 초과 발행 설계

· RWAHUB Token은 총 50억 개의 초기 발행량을 기준으로 구성되며, DAO 승인에 따라 초과 발행이 가능하도록 설계

발행 목적 별 예시 구조

항목	할당 비율 예시	목적
생태계 보상 풀	40%	DAO참여, 보상 리워드, 유동성 공급 등
프로젝트 운영 및 개발	20%	개발팀, 인프라 유지, 스마트컨트랙트 감사 등
전략적 제휴 및 파트너	15%	초기 협력사, 온보딩 사업체 등
유동성 공급	15%	스왑풀, 거래소, P2P 유통
예비 리저브	10%	위기 대비, 정책 수정을 위한 유연성 확보

서브 토큰 분산 발행 및 모듈 구조

서브 토큰 분산 발행 및 모듈 구조

- 서브 토큰은 각 실물 기반 사업이 독립적으로 발행하는 모듈형 자산, RWAHUB는 이를 메인 허브 기준으로 연결하며, 각 서브 코인은 표준화된 템플릿을 통해 구성

현재 온보딩 서브 코인 예시

서브 코인	사업 분야	토큰 발행량(각 서브 5억 개씩)
Sub 1	탄소배출권, 에너지	5억 개
Sub 2	자원개발, 광물(금광개발)	5억 개
Sub 3	프라이빗 리조트 분양	5억 개
Sub 4	예술품, 유물	5억 개
Sub 5	IP, 제품 개발/ 판매	5억 개

모든 서브 토큰은

- RWAHUB 기준에 따라 DAO 연결, 정산 구조, 유통 정책, 보상 로직이 통합 관리

– 참여자 공로 및 동기부여 보상

참여자 보상 및 생태계 동기 부여 구조

RWAHUB는 DAO 참여자, 서브 코인 유통 기여자, 유동성 공급자 등 참여 행위에 정량화된 보상 모델을 적용

참여 자유	보상 기준	방식
1. DAO 투표자	1. 투표 참여 횟수, 영향력, 승인률	1. HUB 토큰 정기 보상
2. 서브 토큰 보유자	2. 보유량, 보상 이벤트 참여율	2. 서브 코인 또는 HUB 보상
3. 유동성 공급자	3. 스왑풀 유동성, 거래 활성화 기여	3. 유동성 수수료 + HUB 리워드
4. 사업 제안자(서브 운영자)	4. DAO 통과율, AGOS 평가	4. DAO 승인 후 사업자 보상

※ 이 구조는 단순 거래가 아닌 행동 기반의 기여도를 경제적으로 연결하며, 생태계의 자발적 확장을 유도합니다

4) 상장 및 유동성 전략

- 플랫폼 및 토큰 생태계 성장 모델은 상장 중심 전략과 연결
- 2026년 1월 싱가포르 기반 거래소 Pionex 상장 완료.
- 추가로 상반기 글로벌 거래소 10위권 내 진입 상장 준비 중.

이는 RWAHUB 토큰이 단순 프로젝트 토큰이 아니라, 글로벌 유동성 확보를 통한 생태계 성장을 목표로 한다는 설계 방향을 보여줌

5) 서브 토큰과 생태계 상호 작용

- RWAHUB 생태계는 허브 RWAHUB 토큰, 서브 토큰(프로젝트성 토큰)
- 대상 실물자산 기반 RWA토큰(예: 탄소배출권 RWA 등)이 3계층 구조로 운영
- 플랫폼 내 탈중앙 P2P 거래로 RWAHUB 토큰이 중심 통화 역할을 하면서 서브 토큰의 거래, 상장, 수익 분배를 촉진하는 구조

6) 리스크 관리 설계

보도에 따르면 RWAHUB 플랫폼은 AI 거버넌스 시스템(AGOS)을 활용해 서브 토큰 리스크를 모니터링 부적절/부도 가능성 판별 시 사전 대응. 플랫폼 안정성 강화라는 설계 목표를 밝히고 있음

이는 단순 토큰 발행 중심이 아니라 생태계 신뢰성과 리스크 관리

체계를 강화하려는 시도로 해석됨

7) 핵심 요약 (토큰노믹스 포인트)

항목	핵심 내용
토큰 모델	지주형 멀티토큰 구조 (메인 RWAHUB + 서브 토큰)
주요 기능	유동성, 교환/거래, 생태계 인센티브, 리스크 관리
상장 전략	글로벌 거래소 다중 상장 추진(Pionex, Bybit 등)
실물 RWA 연동	탄소배출권, ESG 등 실물 프로젝트와 연계 확대
거버넌스 설계	DAO/AI 리스크 운영체계(AGOS)

– RWAHUB 플랫폼 알고리즘

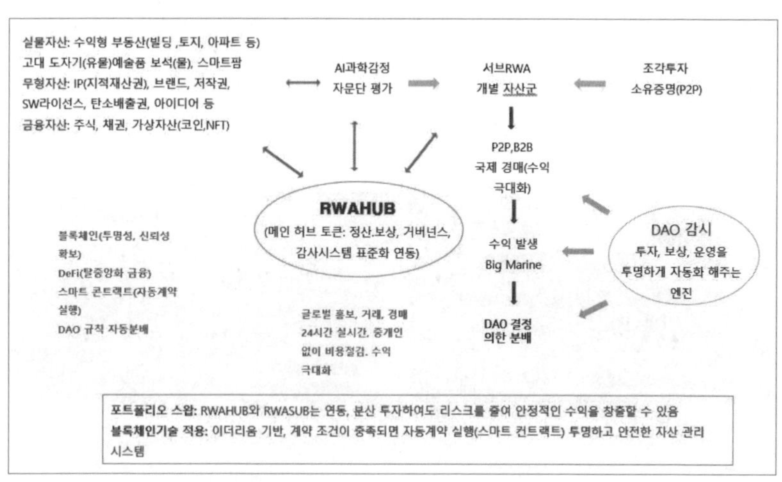

– RWAHUB 홈페이지 : www.rwahub.app

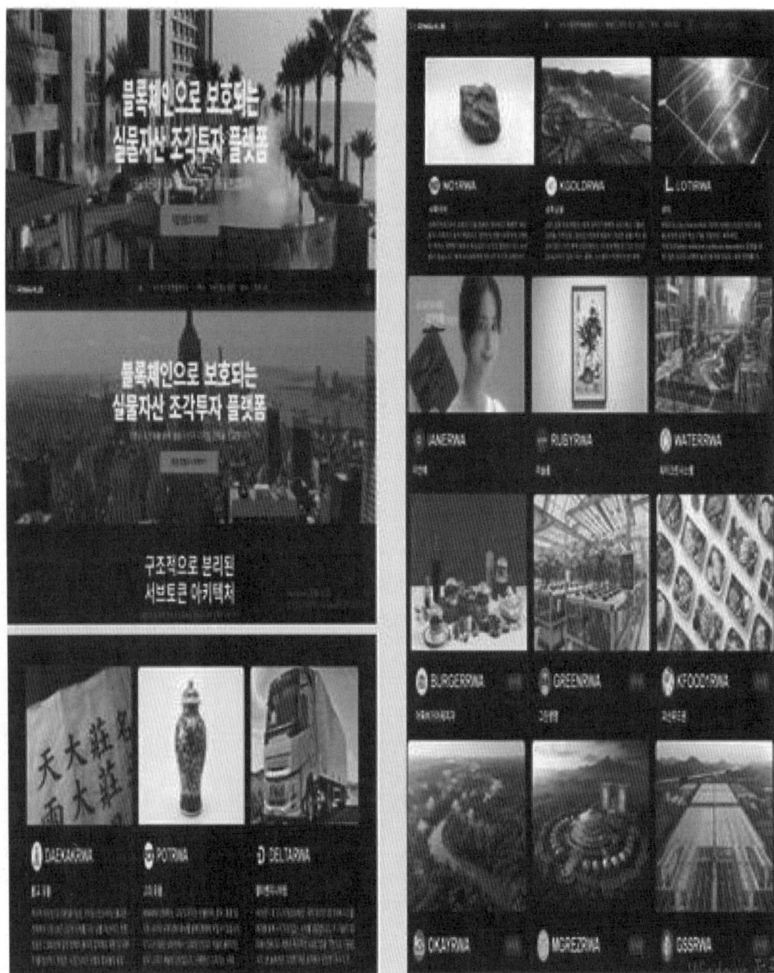

8) RWAHUB 유튜브 공식 채널

· https://www.youtube.com/@RWAHUB_official

– 글로벌 SNS 홍보 콘텐츠 (해외 홍보용 각국 언어별로 제작)

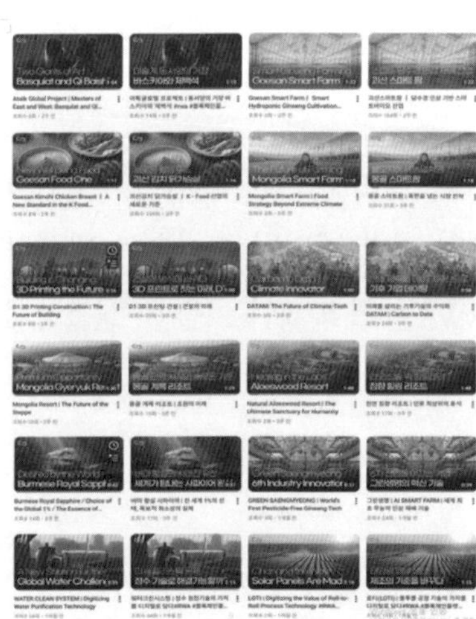

RWA 핵심 용어

RWA(Real World Asset, 실물자산 토큰) 시장은 블록체인 기술과 금융 산업이 결합하면서 등장한 새로운 분야다. 이 시장을 이해하기 위해서는 디지털 자산, 블록체인 기술, 금융시스템과 관련된 다양한 용어를 이해할 필요가 있다.

이 부록에서는 RWA 금융을 이해하는 데 필요한 핵심 용어 50개를 정리했다.

1. RWA (Real World Asset)

RWA는 실물자산 토큰화를 의미한다. 부동산, 채권, 예술품, 콘텐츠 IP 같은 현실 세계의 자산을 블록체인 기반 디지털 토큰으로 발행하여 거래할 수 있도록 하는 구조다. RWA는 블록체인 기술을 실물경제와 연결하는 중요한 금융 모델로 평가된다.

2. 토큰(Token)

토큰은 블록체인 네트워크에서 발행되는 디지털 자산 단위다. 토큰은 다양한 형태로 사용될 수 있다.

대표적인 유형
　・결제 토큰 / 유틸리티 토큰 / 증권형 토큰

3. 토큰화(Tokenization)

토큰화는 실물자산이나 권리를 디지털 토큰 형태로 전환하는 과정
을 의미한다.

　・부동산 토큰화 / 채권 토큰화 / 예술품 토큰화

4. STO (Security Token Offering)

STO는 증권형 토큰 발행을 의미한다. 기업이나 기관이 증권 성격을
가진 디지털 토큰을 발행하여 투자자를 모집하는 방식이다.

5. 디지털 증권 (Digital Securities)

디지털 증권은 블록체인 기술을 이용해 발행된 증권을 의미한다.
주식이나 채권과 유사한 권리를 디지털 형태로 표현한 자산이다.

6. 블록체인 (Blockchain)

블록체인은 거래 기록을 분산 네트워크에서 저장하는 기술이다. 거래
기록이 여러 컴퓨터에 동시에 저장되기 때문에 위조나 변경이 어렵다.
대표적인 블록체인 네트워크에는 Bitcoin, Ethereum 등이 있다.

7. 스마트 계약 (Smart Contract)

스마트 계약은 블록체인에서 자동으로 실행되는 디지털 계약 프로그램이다. 특정 조건이 충족되면 자동으로 거래가 실행된다.

8. 오라클 (Oracle)

오라클은 블록체인 외부의 데이터를 블록체인 네트워크에 전달하는 시스템이다.

　　·예 가격 정보 / 날씨 데이터 / 금융 데이터

9. 디파이 (DeFi)

DeFi는 탈중앙 금융(Decentralized Finance)을 의미한다. 은행 같은 중앙기관 없이 블록체인 기반 금융 서비스를 제공하는 시스템이다.

10. NFT (Non-Fungible Token)

NFT는 대체 불가능 토큰을 의미한다. 각 토큰이 서로 다른 고유한 가치를 가지는 디지털 자산이다.

대표적인 NFT 예술 사례로는 Everydays: the First 5000 Days가 있다.

11. 조각 투자 (Fractional Investment)

고가 자산을 여러 투자자가 지분 형태로 나누어 투자하는 구조를 의미한다.

· 부동산 조각 투자 / 미술품 투자

12. 디지털 지갑 (Digital Wallet)

디지털 자산을 보관하고 관리하는 소프트웨어다.

대표적인 지갑 서비스로는 MetaMask 등이 있다.

13. 스테이블코인 (Stablecoin)

가격 변동성을 줄이기 위해 특정 자산에 연동된 암호화폐다.

대표적인 스테이블코인

· Tether / USD Coin

14. 토큰 이코노미 (Token Economy)

토큰을 중심으로 경제 활동이 이루어지는 시스템이다.

15. 디지털 자산 (Digital Asset)

블록체인 기술을 기반으로 발행된 다양한 형태의 자산을 의미한다.

16. 온체인 (On-chain)

블록체인 네트워크 내부에서 이루어지는 거래를 의미한다.

17. 오프체인 (Off-chain)

블록체인 외부에서 이루어지는 거래나 데이터 처리를 의미한다.

18. 자산 유동화 (Asset Securitization)

자산에서 발생하는 현금 흐름을 기반으로 금융 상품을 만드는 과정이다.

19. 디지털 소유권 (Digital Ownership)

블록체인 기술을 통해 자산의 소유권을 디지털 형태로 기록하는 구조다.

20. Web3

Web3는 블록체인 기반의 차세대 인터넷 구조를 의미한다.

21. DAO (Decentralized Autonomous Organization)

블록체인 기반으로 운영되는 탈중앙 조직 구조다.

22. 크립토 자산 (Crypto Asset)

암호화 기술을 기반으로 발행된 디지털 자산을 의미한다.

23. 디지털 거래소

디지털 자산을 거래하는 플랫폼이다.

대표적인 거래소

· Coinbase / Upbit

24. 디지털 금융

디지털 기술을 활용한 금융 서비스 전반을 의미한다.

25. 토큰 발행 (Token Issuance)

블록체인 네트워크에서 새로운 토큰을 발행하는 과정이다.

26. 투자 토큰 (Investment Token)

투자 목적을 가진 디지털 토큰이다.

27. 유틸리티 토큰 (Utility Token)

특정 서비스나 플랫폼 이용 권리를 제공하는 토큰이다.

28. 디지털 자산 플랫폼

디지털 자산 발행과 거래를 지원하는 플랫폼이다.

29. 자산 관리 토큰

특정 자산의 소유권이나 수익 권리를 나타내는 토큰이다.

30. 분산원장기술 (DLT)

블록체인과 같은 분산 데이터 저장 기술을 의미한다.

31. 디지털 금융 인프라

디지털 금융 서비스 운영을 위한 기술 시스템이다.

32. 금융 토큰화

금융자산을 디지털 토큰 형태로 전환하는 과정이다.

33. 자산 토큰 (Asset Token)

실물 자산을 기반으로 발행된 디지털 토큰이다.

34. 디지털 채권

블록체인 기반으로 발행된 채권이다.

35. 디지털 부동산

부동산 자산을 토큰 형태로 발행한 투자 구조다.

36. ESG 금융

환경(Environment), 사회(Social), 지배구조(Governance)를 고려한 투자 방식이다.

37. 탄소배출권

기업이 일정량의 탄소를 배출할 수 있는 권리를 의미한다.

38. 공급망 금융

기업 간 거래에서 발생하는 금융 서비스를 의미한다.

39. 매출채권

기업이 상품 판매 후 아직 받지 못한 대금을 의미한다.

40. 무역금융

국제 무역 거래를 지원하는 금융 서비스다.

41. 디지털 투자

디지털 자산을 활용한 투자 방식이다.

42. 금융 플랫폼

투자자와 자산을 연결하는 금융 서비스 시스템이다.

43. 투자 생태계

투자자, 기업, 플랫폼이 형성하는 금융 구조다.

44. 글로벌 자산 시장

국경을 넘어 거래되는 자산 시장을 의미한다.

45. 디지털 경제

데이터와 기술 중심으로 운영되는 경제시스템이다.

46. 미래 금융

새로운 기술 기반 금융시스템을 의미한다.

47. 블록체인 금융

블록체인 기술을 기반으로 하는 금융 서비스다.

48. 디지털 투자자

디지털 자산 시장에 참여하는 투자자를 의미한다.

49. 금융 혁신

기술 발전으로 금융시스템이 변화하는 과정이다.

50. RWA 혁명

실물자산이 디지털 자산으로 전환되며 금융 시장이 변화하는 흐름을 의미한다.

이 용어들은 RWA 시장을 이해하는 데 필요한 기본 개념들이다.

글로벌 RWA 프로젝트

실물자산 토큰화(RWA)는 이제 단순한 개념이 아니라 실제 금융시장에서 빠르게 확산되고 있는 산업이다. 글로벌 금융기관, 핀테크 기업, 블록체인 프로젝트들은 이미 다양한 RWA 프로젝트를 시작했으며 일부는 실제 자산을 토큰화하여 투자 상품으로 운영하고 있다.

이 부록에서는 세계적으로 대표적인 RWA 프로젝트와 주요 사례를 분야별로 정리했다.

1. 국채·채권 RWA 프로젝트

1) 디지털 국채 펀드

세계 최대 자산운용사 중 하나인 BlackRock은 2024년 블록체인 기반 토큰화 펀드 BlackRock USD Institutional Digital Liquidity Fund를 출시했다.

이 펀드는 미국 국채와 단기 채권에 투자하는 펀드를 블록체인 기반 토큰 형태로 발행한 것이다.

특징

· 미국 국채 기반 자산 / 블록체인 기반 투자 구조 / 기관투자 중심

이는 전통 금융기관이 본격적으로 RWA 시장에 진입한 대표적인 사례로 평가된다.

2) 온닉스 디지털 자산 플랫폼

글로벌 투자은행 JPMorgan Chase는 블록체인 기반 금융 네트워크 Onyx Digital Assets를 운영하고 있다.

이 플랫폼에서는 다음과 같은 금융자산을 토큰화하고 있다.

· 국채 / 채권 / 환매조건부채권(Repo)

이 플랫폼을 통해 기관 투자자들은 블록체인 기반 금융 거래를 수행할 수 있다.

3) 토큰화 채권 펀드

글로벌 자산운용사 Franklin Templeton은 블록체인 기반 펀드 Franklin OnChain U.S. Government Money Fund를 출시했다.

이 펀드는 블록체인 네트워크 Polygon과 Stellar에서 운영되고 있다.
이는 세계 최초의 블록체인 기반 공모펀드 가운데 하나로 평가된다.

2. 부동산 RWA 프로젝트

부동산은 RWA 시장에서 가장 빠르게 성장하고 있는 분야다.

1) 두바이 부동산 토큰화

두바이는 부동산 토큰화를 적극적으로 추진하는 지역이다.
두바이 정부는 Dubai Land Department를 중심으로 부동산 디지털 자산 프로젝트를 추진하고 있다.

목표

- 부동산 거래 디지털화 / 글로벌 투자자 참여 확대 / 부동산 시장 유동성 확대

2) 리얼T 플랫폼

미국의 대표적인 부동산 토큰화 플랫폼은 RealT다.
이 플랫폼은 미국 주택을 토큰 형태로 발행해 투자자들이 지분 투자할 수 있도록 한다.

특징

- 미국 주택 기반 투자 / 월 임대 수익 배당 / 글로벌 투자 참여

3. 실물 금융 RWA 프로젝트

1) 메이커 DAO RWA

DeFi 시장에서 대표적인 RWA 프로젝트는 MakerDAO다.
MakerDAO는 스테이블코인 DAI를 운영하는 프로젝트다.

이 프로젝트는 다음과 같은 실물 자산을 담보로 활용한다.

　· 국채 / 부동산 금융 / 기업 대출

이는 DeFi와 전통 금융을 연결하는 중요한 모델로 평가된다.

2) 센트리퓨지

Centrifuge는 기업 금융자산을 토큰화하는 플랫폼이다.

토큰화 대상
　· 매출채권 / 무역금융 / 기업 대출

이 플랫폼은 기업들이 블록체인을 활용해 자금을 조달할 수 있도록 지원한다.

4. 예술·수집품 RWA 프로젝트

■ 미술품 투자 플랫폼

예술 시장에서도 RWA가 빠르게 확산되고 있다.

대표적인 플랫폼은 Masterworks다.

이 플랫폼은 유명 미술 작품을 지분 형태로 투자할 수 있게 만든 서비스다.

투자 대상

· 현대 미술 작품 / 유명 화가 작품

이러한 구조는 미술 투자 시장의 접근성을 높이는 역할을 하고 있다.

5. 탄소배출권 RWA 프로젝트

탄소배출권 시장 역시 토큰화가 활발하게 진행되는 분야다.

■ 대표 프로젝트

1) Toucan Protocol

탄소배출권을 블록체인 기반 토큰으로 발행하는 프로젝트다.

2) KlimaDAO

탄소배출권 기반 디지털 자산 프로젝트다. 이러한 프로젝트는 ESG 투자와 블록체인 금융을 연결하는 모델로 평가된다.

6. 인프라 RWA 프로젝트

인프라 자산 역시 토큰화 가능성이 높은 분야다.

대표 자산

· 태양광 발전소 / 풍력 발전 / 데이터센터

일부 글로벌 투자기관은 에너지 자산 토큰화 프로젝트를 추진하고 있다.

7. RWA 블록체인 인프라 프로젝트

RWA 금융은 다양한 블록체인 네트워크 위에서 운영된다.

대표적인 블록체인

· Ethereum / Polygon / Avalanche

이 네트워크들은 RWA 프로젝트가 운영되는 기술 인프라 역할을 한다.

글로벌 RWA 시장의 의미

현재 RWA 시장은 초기 단계지만 금융 산업의 중요한 변화로 평가
되고 있다.

일부 글로벌 금융 연구기관들은 향후 수년 안에 수십조 달러 규모
의 자산이 토큰화될 가능성을 전망하고 있다.

RWA 시장이 성장하면 다음과 같은 변화가 나타날 수 있다.

- 글로벌 디지털 자산 시장 확대 / 금융기관의 토큰화 금융 참여 / 새로운 투
  자 산업 등장

특히 전통 금융기관들이 RWA 시장에 참여하기 시작하면서 이 시
장의 신뢰도와 성장 가능성이 높아지고 있다.

RWA 투자 산업

실물자산 토큰화(RWA)는 단순히 새로운 금융 상품을 만드는 것을 넘어 완전히 새로운 투자 산업을 형성하고 있다.

전통 금융에서는 주식, 채권, 부동산이 주요 투자 대상이었다. 그러나 블록체인 기술이 발전하면서 다양한 실물자산이 디지털 토큰 형태로 발행되고 투자 상품으로 거래될 수 있게 되었다.

RWA 시장이 성장하면서 새로운 투자 산업 생태계도 빠르게 형성되고 있다. 이 부록에서는 현재 세계 금융시장에서 주목받는 RWA 투자 산업 분야를 정리했다.

1. 부동산 토큰 투자 산업

부동산은 RWA 시장에서 가장 큰 잠재력을 가진 분야로 평가된다.

전통적인 부동산 투자는 많은 자본이 필요하고 거래 과정도 복잡하다. 그러나 토큰화 기술을 활용하면 부동산 자산을 작은 단위로 나누어 투자할 수 있다.

대표적인 글로벌 플랫폼은 RealT이다.
이 플랫폼은 미국 주택을 토큰화하여 투자자들이 지분 형태로 투자할 수 있도록 한다.

부동산 RWA 시장 특징

· 소액 투자 가능 / 글로벌 투자 참여 / 임대 수익 배당

부동산 토큰화 시장은 향후 수십조 달러 규모로 성장할 가능성이 있는 분야로 평가된다.

2. 채권·국채 RWA 투자 산업

채권 시장 역시 RWA 금융의 핵심 분야다.
세계적인 자산운용사인 BlackRock은 블록체인 기반 토큰화 펀드 BlackRock USD Institutional Digital Liquidity Fund를 출시했다.

또한 글로벌 금융기관 JPMorgan Chase 역시 블록체인 기반 금융 플랫폼 Onyx Digital Assets를 통해 채권 거래를 디지털화하고 있다.

・채권 RWA 시장 특징 / 안정적인 수익 구조 / 기관투자 중심 / 금융기관 참
여 확대

채권 토큰화 시장은 앞으로 RWA 시장에서 가장 빠르게 성장할 가
능성이 있는 분야로 평가된다.

3. 탄소배출권 투자 산업

탄소배출권 시장은 ESG 투자 확대와 함께 빠르게 성장하고 있다.
블록체인 기술을 활용하면 탄소배출권을 디지털 토큰으로 발행하
여 거래할 수 있다.

대표적인 프로젝트
・Toucan Protocol / KlimaDAO

탄소 RWA 시장 특징
・ESG 투자 확대 / 글로벌 환경 규제 영향 / 디지털 탄소시장 형성

탄소배출권 시장은 향후 글로벌 금융 시장에서 중요한 투자 분야가
될 가능성이 있다.

4. 콘텐츠 IP 투자 산업

콘텐츠 산업은 RWA 투자 시장에서 빠르게 성장하는 분야다.
콘텐츠 IP는 장기간 수익을 창출할 수 있는 자산이다.

대표적인 투자 대상
　·음악 저작권 / 영화 판권 / 게임 IP

세계적인 음악 산업에서도 저작권 기반 투자 모델이 등장하고 있다.
대표적인 사례는 음악 투자 플랫폼 Royal이다.
이 플랫폼은 음악 저작권 수익을 토큰 형태로 투자할 수 있게 만든
서비스다.

5. 예술품 투자 산업

예술 시장 역시 RWA 금융의 중요한 영역이다.
전통적으로 미술 시장은 일부 고액 자산가 중심으로 운영되었다. 그
러나 디지털 자산 기술이 발전하면서 미술품 조각 투자 시장이 성장
하고 있다.

대표적인 플랫폼은 Masterworks다.
이 플랫폼은 유명 화가의 작품을 투자 상품 형태로 제공한다.

미술 RWA 시장 특징

· 희소성 기반 자산 / 장기 투자 상품 / 문화 자산 투자 확대

6. 인프라 투자 산업

인프라 자산은 장기간 안정적인 수익을 창출할 수 있는 투자 분야다.

대표적인 인프라 자산

· 태양광 발전소 / 풍력 발전 / 데이터센터 / 물류 인프라

이러한 자산은 토큰화될 경우 글로벌 투자자들이 참여할 수 있는 새로운 투자 상품으로 발전할 가능성이 있다.

7. 기업 금융 RWA 산업

기업 금융 역시 RWA 시장에서 중요한 영역이다.
기업이 보유한 금융자산을 토큰화하여 투자 상품으로 만들 수 있다.

대표적인 자산

· 매출채권 / 무역금융 / 기업 대출

이 분야에서는 블록체인 금융 플랫폼 Centrifuge가 대표적인 프로 젝트다.

이 플랫폼은 기업들이 매출채권을 토큰화하여 투자자에게 자금을 조달할 수 있도록 지원한다.

RWA 투자 산업의 구조

RWA 시장은 다음과 같은 산업 구조로 발전하고 있다.

1. 자산 발행자

   실물자산을 보유한 기업이나 기관

2. 토큰화 플랫폼

   자산을 디지털 토큰으로 발행하는 기술 플랫폼

3. 투자자

   기관 투자자와 개인 투자자

4. 거래 플랫폼

   디지털 자산 거래소

   RWA 투자 산업의 미래

RWA 금융은 앞으로 금융 산업의 중요한 분야로 성장할 가능성이 있다.

특히 다음과 같은 흐름이 예상된다.

· 금융기관 참여 확대 / 글로벌 투자 시장 형성 / 새로운 디지털 금융 플랫폼 등장

일부 금융 연구기관은 향후 수년 안에 수십조 달러 규모의 자산이 토큰화될 가능성을 전망하고 있다.

이러한 변화는 금융 산업뿐 아니라 투자 시장의 구조 자체를 변화시킬 가능성이 있다.

한국 RWA 시장 규모 전망 (2030)

다음은 한국 RWA(실물자산 토큰화) 시장의 2030년 규모 전망을 글로벌 시장 전망, 국내 금융시장 규모, STO 제도 도입을 기준으로 분석한 것이다.

1. 글로벌 RWA 시장 전망

글로벌 금융기관들은 RWA 시장이 2030년까지 최소 약 2조 달러(McKinsey)에서 최대 30조 달러 규모로 성장할 것(Standard Chartered)으로 보고 있다.

일부 보고서(Kadena 보고서)는 토큰화된 자산 시장이 2030년 약 11조 달러 규모에 이를 수 있다고 전망한다.

2. 한국 RWA 시장 현재 상황

한국은 아직 초기 단계 시장이다.

이유

- 토큰증권(STO) 법제화 진행 중 / 금융 규제 승인 필요 / 기관 중심 시범 프로젝트 단계

하지만 블록체인 금융과 디지털 자산 수용도가 높아 RWA 시장 성장 잠재력은 매우 큰 국가로 평가된다.

3. 한국 RWA 시장 규모 추정 (2030)

한국 금융시장 규모와 글로벌 비중을 기준으로 추정하면 다음과 같은 시나리오가 가능하다.

보수적 시나리오

- 한국이 글로벌 RWA 시장의 0.5% 점유 (약 5조 ~ 10조 원)

중간 시나리오

- 글로벌 금융 허브 수준 참여 (약 20조 ~ 40조 원)

공격적 시나리오

· STO 제도 활성화 + 부동산 토큰화 확대 (약 60조 ~ 100조 원)

4. 한국 RWA 시장 산업별 규모 (2030 예상)

산업	예상 규모
부동산 토큰화	20~40조
국채·채권 RWA	10~30조
콘텐츠 IP	5~10조
기업 금융	5~10조
탄소배출권	5~10조

5. 한국에서 가장 큰 RWA 산업

1) 부동산

한국은 부동산 시장 규모가 매우 크기 때문에 RWA 적용 시 가장 큰 시장이 될 가능성이 높다.

2) 콘텐츠 IP

K-POP, 영화, 드라마, 웹툰

한국은 콘텐츠 금융 토큰화에 유리한 국가다.

3) 국채·채권

증권사 중심으로 STO 금융 시장 형성 가능

6. 한국 RWA 시장 성장 단계

2025~2026년

· STO 법제화 / 시범 프로젝트

2027~2028년

· 증권사 중심 시장 확대 / 부동산 토큰화

2029~2030년

· 글로벌 투자 참여 / 디지털 금융 시장 확장

7. 한국 RWA 시장 특징

한국 시장은 다른 국가와 다른 특징이 있다.

· 플랫폼 기업 영향력 / IT 기업 참여 / 콘텐츠 산업 / IP 금융 / 높은 디지털 금융 사용률 / 모바일 금융

결론

2030년 한국 RWA 시장 규모는 최소 20조 원에서 최대 100조 원 규모로 성장할 가능성이 있다.

특히 다음 산업이 시장을 주도할 가능성이 크다.

1. 부동산 토큰화
2. 국채·채권 RWA
3. 콘텐츠 IP 금융
4. 기후 변화(탄소배출권)

한국 RWA 투자 전략 (개인 투자 전략)

다음 내용은 개인 투자자 관점에서 본 "한국 RWA 투자 전략"이다.

1. 왜 RWA에 투자해야 하는가

RWA(Real World Asset, 실물자산 토큰)는 실물자산을 블록체인 기반 토큰으로 발행하여 거래하는 새로운 금융 구조다.

세계 최대 자산운용사 BlackRock과 글로벌 투자은행 JPMorgan Chase도 자산 토큰화 프로젝트를 추진하면서 RWA는 단순한 암호화폐 트렌드를 넘어 차세대 금융 인프라로 평가되고 있다.

개인 투자자에게 RWA는 다음의 기회를 제공한다.
· 소액 투자 가능 / 글로벌 투자 접근 / 새로운 자산 시장

2. 개인 투자자가 접근할 수 있는 RWA 투자 방식

한국 개인 투자자는 다음 4가지 방법으로 RWA 시장에 투자할 수 있다.

1) RWA 관련 코인 투자

가장 쉽게 접근할 수 있는 방법이다.

대표 RWA 프로젝트

· Chainlink / Ondo Finance / Centrifuge / Maker

이 프로젝트들은 실물 금융자산과 블록체인 네트워크를 연결하는 핵심 역할을 한다.

2) STO(토큰증권) 투자

한국은 앞으로 토큰증권 시장이 크게 성장할 가능성이 있다.

대표 금융기관

· 미래에셋증권 / KB증권 / 신한투자증권

STO 투자 대상

· 부동산 / 채권 / 미술품 / 콘텐츠 IP

3) 조각투자 플랫폼

실물자산을 조각 투자하는 방식이다.

대표 플랫폼

· 데이터시티위마켓 / 뮤직카우 / 서울옥션블루 / 테사

투자 대상

· 음악 저작권 / 미술품 / 명품

4) RWA 관련 기업 투자

RWA 관련 기업 주식 투자도 가능하다.

대표 기업

· 데이터시티위마켓 / 네이버 / 카카오페이 / 두나무

이 기업들은 플랫폼 기반 RWA 시장에서 중요한 역할을 할 가능성이 있다.

3. 개인 투자자 포트폴리오 전략

개인 투자자는 다음과 같은 RWA 포트폴리오 전략을 사용할 수 있다.

· RWA 코인 40% / RWA 기업 주식 30% / STO 투자 20% / 조각투
  자 10%

이 구조는 위험 분산과 성장성을 동시에 고려한 전략이다.

4. 투자 시 체크해야 할 핵심 요소

RWA 프로젝트 투자 시 다음 요소를 확인해야 한다.

1) 실물자산 연결 여부
   실제 자산이 있는지 확인

2) 금융기관 참여
   은행 또는 자산운용사 협력

3) 규제 대응
   법적 구조

4) 시장 규모
   해당 자산 시장의 크기

5. 가장 유망한 RWA 투자 분야

향후 성장 가능성이 높은 분야는 다음과 같다.

1) 부동산 토큰화
   세계 최대 RWA 시장

2) 국채 토큰화
   기관투자 중심 시장

3) 콘텐츠 IP
   한국이 강점을 가진 산업

4) 기업 금융
   매출채권·대출 시장

6. 개인 투자자가 피해야 할 위험

RWA 시장은 아직 초기 단계이기 때문에 다음 위험이 존재한다.

· 규제 리스크 / 기술 리스크 / 프로젝트 실패 가능성

결론

장기 투자 관점이 중요하다.

RWA 시장은 단기간 투기 시장이 아니라 장기 금융 혁신 산업이다.

개인 투자자는 단기 가격 변동보다 금융 구조 변화를 중심으로 투자 전략을 세워야 한다.

RWA가 확산되면 앞으로 수십 년 동안 새로운 자산 시장과 투자 기회가 등장할 가능성이 있다.

RWA 투자 로드맵(기관 투자 전략)

RWA(Real World Asset, 실물자산 토큰)는 블록체인 산업에서 가장 빠르게 기관 자금이 유입되는 분야다.

실물자산을 토큰화하여 블록체인 위에서 거래할 수 있게 만드는 구조는 전통 금융과 디지털 금융을 연결하는 핵심 기술로 평가된다.

특히 세계 최대 자산운용사인 BlackRock과 글로벌 투자은행 JPMorgan Chase가 토큰화 금융을 적극 추진하면서 RWA는 단순한 암호화폐 프로젝트가 아니라 차세대 금융 인프라 산업으로 발전하고 있다.

기관 투자자들은 단순한 단기 가격 상승보다 시장 구조와 자산 흐름을 중심으로 투자 전략을 세운다.

다음은 기관들이 실제로 활용하는 RWA 투자 로드맵이다.

1단계 - 금융 인프라 프로젝트 투자

기관 투자자들은 가장 먼저 RWA 인프라 프로젝트에 투자한다.
이 분야는 블록체인 금융 생태계의 기반을 형성하기 때문이다.

대표 프로젝트

· Chainlink / Quant / XDC Network / Algorand / Stellar

이 프로젝트들은 다음 역할을 한다.
· 금융 데이터 연결 / 기관 결제 인프라 / 자산 토큰화 플랫폼 / 블록체인 금융 네트워크

기관들은 이러한 프로젝트를 "디지털 금융 고속도로"로 평가한다.

2단계 - 국채·채권 토큰화 투자

현재 RWA 시장에서 가장 빠르게 성장하는 분야는 국채 토큰화다.

대표 프로젝트

· Ondo Finance / Maker / Pendle

특히 Ondo Finance는 미국 국채를 토큰화한 상품을 제공하며 기관 자금을 끌어들이고 있다.

국채 토큰화가 중요한 이유

· 안정적인 수익 구조 / 기관투자 접근성 / DeFi 시장과 연결

이 분야는 향후 RWA 시장의 핵심 금융상품이 될 가능성이 높다.

3단계 - 기업 금융 RWA 투자

다음 단계는 기업 대출 및 기업 금융 토큰화다.

대표 프로젝트

· Centrifuge / Maple Finance / TrueFi / Goldfinch

이 프로젝트들은 다음 자산을 토큰화한다.
· 매출채권 / 기업대출 / 무역금융 / 중소기업 금융

이 시장은 전 세계적으로 수십조 달러 규모의 금융 시장이다.
따라서 RWA가 가장 크게 성장할 가능성이 있는 영역 중 하나다.

4단계 - 실물 자산 토큰화 투자

기관 투자자들이 다음으로 주목하는 분야는 실물자산 토큰화다.

대표 분야

- 부동산 / 인프라 / 에너지 / 탄소배출권 / 원자재

대표 프로젝트

- Propy / Parcl / Boson Protocol

부동산 토큰화는 특히 큰 시장이다.
전 세계 부동산 시장 규모는 약 300조 달러 이상으로 추정된다.
이 자산이 토큰화되면 완전히 새로운 투자 시장이 열릴 수 있다.

5단계 - 디지털 증권(STO) 시장 투자

마지막 단계는 증권형 토큰 시장(STO)이다.

대표 프로젝트

- Polymesh / Realio Network / Swarm Markets

이 시장은 기존 주식·채권 시장을 블록체인으로 옮기는 모델이다.

많은 금융 전문가들은 STO가 차세대 증권 시장의 핵심 인프라가 될 것으로 전망한다.

기관 투자자들이 보는 핵심 지표

기관 투자자들은 다음 지표를 중요하게 본다.

1) TVL (총 예치 자산)
   프로젝트에 실제 연결된 자산 규모

2) 기관 파트너십
   은행 및 자산운용사 협력 여부

3) 규제 준수
   증권 규제 대응

4) 실물자산 연결
   실제 금융자산 여부

RWA 투자 포트폴리오 예시

기관 투자자들은 보통 다음과 같이 포트폴리오를 구성한다.

　· 인프라 40% / 금융 RWA 30% / 실물 자산 20% / STO 플랫폼 10%

이 구조는 리스크 분산과 시장 성장성을 동시에 고려한 전략이다.

결론 - RWA 투자 전략의 핵심

기관투자 전략의 핵심은 다음 세 가지다.

　· 금융 인프라 투자 / 국채·채권 토큰화 / 실물자산 토큰화

RWA는 단순한 암호화폐 산업이 아니라 미래 금융시스템의 기반 기술이 될 가능성이 있다.

향후 수십 년 동안 금융 산업이 디지털화되면서 RWA 시장은 수조 달러 규모로 성장할 가능성이 있다.

RWA로 돈 버는 산업 TOP10

1. 부동산 토큰화

가장 큰 RWA 시장입니다.

전 세계 부동산 시장은 약 300조 달러 이상으로 추정된다.

RWA 적용 방식

- 빌딩 지분 토큰화 / 임대 수익 분배 / 글로벌 투자 참여

대표 플랫폼

- RealT / Propy

특징

- 소액 투자 가능 / 글로벌 투자 확대 / 유동성 증가

2. 국채 토큰화

국채는 현재 RWA 시장에서 가장 빠르게 성장하는 분야다.

대표 프로젝트

- Ondo Finance / Franklin Templeton

특징

- 안정적인 수익 / 기관 투자 참여 / DeFi 시장 연결

3. 기업 대출 금융

중소기업 금융시장은 수십조 달러 규모이다.

RWA 적용

- 매출채권 / 무역금융 / 기업 대출

대표 플랫폼

- Centrifuge / Maple Finance

4. 탄소배출권 시장

탄소시장은 향후 1조 달러 이상 규모로 성장할 가능성이 있다.
- RWA 적용 / 탄소 크레딧 토큰화 / ESG 투자

대표 프로젝트

- Toucan Protocol / KlimaDAO

5. 콘텐츠 IP 금융

콘텐츠 산업은 RWA 적용이 매우 유리하다.

토큰화 가능한 자산

- 음악 저작권 / 영화 판권 / 게임 IP

대표 플랫폼

- Opulous

6. 미술품·수집품 투자

고가 미술품 시장은 약 700억 달러 규모이다.

RWA 적용

- 미술품 지분 투자 / NFT + 실물자산 결합

대표 플랫폼

- Masterworks

7. 인프라 투자

토큰화 가능한 인프라 자산

- 발전소 / 태양광 / 데이터센터 / 도로

전 세계 인프라 시장 규모

· 약 94조 달러

대표 플랫폼

· Powerledger

8. 원자재 토큰화

대표 자산

· 금은, 석유, 광물

대표 토큰

· PAX Gold / Tether Gold

특징

실물자산과 직접 연결된다.

9. 데이터 자산

AI 시대에는 데이터 자체가 자산이 된다.

· 토큰화 대상 / AI 학습 데이터 / 데이터 시장

대표 프로젝트

- Ocean Protocol

10. AI 컴퓨팅 자산

AI 산업에서 GPU는 새로운 자산이다.

- RWA 적용 / GPU 토큰화 / 클라우드 컴퓨팅

대표 프로젝트

- Render

11. 미래 RWA 시장 구조

향후 RWA 시장은 크게 4개의 산업으로 재편될 가능성이 높다.

금융 RWA

- 국채 / 채권 / 기업 대출

실물 RWA

- 부동산 / 인프라 / 원자재

디지털 RWA

- 콘텐츠 IP / 데이터

미래 RWA

· AI 자산 / 컴퓨팅 자원

12. 가장 돈 되는 RWA 산업 TOP5

전문가들이 가장 크게 보는 산업

1) 부동산

2) 국채 토큰화

3) 기업 금융

4) 인프라 투자

5) 탄소배출권

이 5개 산업만 합쳐도 수백조 달러 규모 시장이다.

RWA 주요 토큰 50개 리스트

다음은 현재 글로벌 RWA(Real World Asset, 실물자산 토큰) 분야에서 언급되는 주요 토큰 50개 리스트이다.

RWA 토큰은 국채·채권·부동산·기업 대출·상품·금융 데이터 등 실제 자산을 블록체인과 연결하는 프로젝트로 구성된다.

이 목록은 시가총액, 프로젝트 영향력, RWA 활용도 기준으로 정리한 대표적인 토큰들이다.

RWA 주요 토큰 50개 리스트

1. RWA 핵심 인프라 토큰

· Chainlink (LINK) / Stellar (XLM) / Hedera (HBAR) / Avalanche (AVAX) / Algorand (ALGO) / Quant (QNT) / XDC Network (XDC) / VeChain (VET) / Injective (INJ) / Canton Network (CANTON)

2. 토큰화 금융 (국채·채권·자산)

- Ondo (ONDO) / Maker (MKR) / Pendle (PENDLE) / TrueFi (TRU) / Maple (MPL) / Goldfinch (GFI) / Centrifuge (CFG) / Creditcoin (CTC) / Reserve Rights (RSR) / TokenFi (TOKEN)

3. 디지털 증권·STO 플랫폼

- Polymesh (POLYX) / Realio Network (RIO) / Swarm Markets (SMT) / Chintai (CHEX) / Boson Protocol (BOSON)

4. 상품·금 기반 RWA

- Tether Gold (XAUT) / Pax Gold (PAXG) / Digix Gold (DGX)

5. 부동산 토큰 프로젝트

- Parcl (PRCL) / Propy (PRO) / LABS Group (LABS) / Brickblock (BBK)

6. 콘텐츠·IP 토큰

- Opulous (OPUL) / Audius (AUDIO) / Rally (RLY)

7. 신흥 RWA 프로젝트

- Mantra (OM) / Clearpool (CPOOL) / AllianceBlock (NXRA) / Backed Finance (BKN) / OpenEden (EDEN)

8. DeFi 기반 RWA 토큰

- Synthetix (SNX) / UMA (UMA) / Frax (FRAX) / MakerDAO DAI (DAI)

9. 차세대 RWA 프로젝트

- YieldBricks (YBR) / Falcon Finance (FF) / Keeta (KTA) / Xend Finance (XEND) / Quack AI Token (Q) / MBG Token (MBG)

10. 참고: 현재 RWA 시장에서 가장 영향력 있는 TOP10 (기관투자와 시장 규모 기준)

- Chainlink / Ondo / Maker / Stellar / Avalanche / Algorand / Quant / Centrifuge / XDC Network / Pendle

이 토큰들은 실물 금융 데이터를 블록체인으로 연결하거나 실제 자산을 토큰화하는 핵심 프로젝트로 평가된다.

RWA 시장 데이터와 글로벌 통계

실물자산 토큰화(RWA)는 블록체인 산업에서 가장 빠르게 성장하는 분야 중 하나다. 초기에는 실험적 프로젝트 수준이었지만, 최근에는 글로벌 금융기관과 투자자들이 참여하면서 수십억 달러 규모의 시장으로 성장했다.

이 부록에서는 RWA 시장의 현재 규모, 성장 속도, 주요 자산 구성, 미래 전망을 데이터 중심으로 정리한다.

1. 글로벌 RWA 시장 규모

RWA 시장은 최근 몇 년 사이 매우 빠르게 성장했다.

RWA 시장 성장

연도(년)	시장 규모
2020	약 8,500만 달러
2022	약 29억 달러
2024	약 152억 달러
2025	약 240억~350억 달러

최근 보고서에 따르면 2026년 기준 토큰화된 실물자산 시장 규모는 약 240억 달러 이상으로 성장했다.

또한 2022년 이후 시장 규모는 약 10배 이상 성장한 것으로 분석된다.

이는 블록체인 산업에서 스테이블코인 다음으로 빠르게 성장하는 분야로 평가된다.

글로벌 실물자산 토큰화(RWA) 시장은 2025년 약 2조 달러 규모에서 2030년 약 13조 달러 이상으로 성장할 것으로 전망된다.[01]

2. 자산 유형별 시장 구조

현재 RWA 시장은 여러 자산 유형으로 구성되어 있다.

---

01   Mordor Intelligence, 2025

주요 자산 비중

자산 유형	시장 규모
기업 대출	약 120억 달러
국채·채권	약 45억~90억 달러
상품(금 등)	약 30억 달러
부동산	약 수억 달러
기타 금융자산	약 수십억 달러

현재 기업 대출(Private Credit)이 가장 큰 시장이며, 국채 토큰화 시장이 가장 빠르게 성장하고 있다.

특히 토큰화된 미국 국채는 1년 사이 250% 이상 성장한 것으로 나타났다.

3. 주요 RWA 프로젝트 규모

대표적인 RWA 프로젝트의 자산 규모는 다음이다.

프로젝트	자산 규모
BlackRock BUIDL	약 6억~28억 달러
Franklin Templeton BENJI	약 7억~8억 달러
Ondo Finance	약 8억 달러
Maple Finance	약 40억 달러
Centrifuge	약 10억 달러

이러한 프로젝트들은 국채, 채권, 기업 대출 같은 실물 금융자산을 토큰화하고 있다.

특히 국채 토큰화 상품은 기관 투자자들의 참여가 늘어나면서 빠르게 성장하고 있다.

4. 블록체인 네트워크 점유율

RWA 프로젝트는 여러 블록체인 네트워크 위에서 운영된다.

대표적인 네트워크
- Ethereum / Polygon / Stellar / Avalanche

특히 Ethereum 기반 프로젝트가 가장 많은 비중을 차지하고 있다. 이는 DeFi 생태계와의 연결성이 높기 때문이다.

5. 기관투자 참여

최근 RWA 시장에서 가장 중요한 변화는 전통 금융기관의 참여다.

대표적인 참여 기관
- 세계 최대 자산운용사 / 글로벌 투자은행 / 대형 자산관리 회사

이들은 블록체인을 활용한 금융 인프라 구축을 진행하고 있다.

RWA 시장이 기관투자 중심으로 성장하면서 시장 신뢰도도 높아지고 있다.

6. 글로벌 자산 대비 RWA 비중

현재 RWA 시장은 아직 초기 단계다. 전 세계 금융자산 규모는 약 400조 달러 이상으로 추정된다.

반면 RWA 시장은 아직 수십억 달러 규모다. 그러나 이 시장은 전통 금융자산을 블록체인으로 연결하는 역할을 한다.

즉 RWA는 기존 금융시장의 일부가 디지털화되는 과정이라고 볼 수 있다.

7. 2030년 시장 전망

여러 금융 연구기관들은 RWA 시장의 장기 성장 가능성을 매우 높게 보고 있다.

대표적인 전망

McKinsey는 2030년까지 약 2조 달러 규모의 토큰화 자산 시장이 형성될 것으로 전망한다.

또한 Standard Chartered는 2034년까지 최대 30조 달러 규모로 성장할 가능성을 제시하고 있다.

8. RWA 시장 성장의 핵심 요인

RWA 시장이 성장하는 이유는 다음과 같다.

1) 자산 유동성 확대
   비유동 자산을 거래 가능하게 만든다.

2) 글로벌 투자 접근성
   국경을 넘어 투자할 수 있다.

3) 거래 효율성
   블록체인은 거래 비용과 시간을 줄인다.

4) 금융기관 참여
   기관 투자자들이 시장에 진입하고 있다.

9. 향후 성장 가능성이 높은 분야

RWA 시장에서 특히 성장 가능성이 높은 분야는 다음과 같다.

- 국채 토큰화 / 부동산 토큰화 / 기업 대출 금융 / 탄소배출권 / 인프라 투자
/ 콘텐츠 IP 금융 / 미술품 투자

이러한 분야는 기존 금융시장 규모가 매우 크기 때문에 토큰화가
진행되면 거대한 시장이 형성될 가능성이 있다.

결론

RWA 시장은 아직 초기 단계지만 금융 산업의 중요한 혁신 분야로
평가되고 있다.

현재 시장 규모는 수십억 달러 수준이지만, 금융기관 참여와 기술
발전이 계속되면 향후 수조 달러 규모의 디지털 금융 시장으로 성장
할 가능성이 있다.

RWA는 블록체인 기술과 전통 금융을 연결하는 중요한 모델이며,
향후 금융 산업의 구조를 변화시킬 잠재력을 가지고 있다.

미래 세계 금융 전망

금융 산업은 역사적으로 기술 혁신과 함께 발전해 왔다. 종이 화폐의 등장, 중앙은행 시스템의 확립, 전자 금융의 발전, 그리고 인터넷 금융 혁명까지 금융의 구조는 끊임없이 변화해 왔다.

오늘날 금융시장은 또 하나의 중요한 변화를 맞이하고 있다. 바로 디지털 자산과 실물자산 토큰화(RWA)를 중심으로 한 금융 혁신이다.

블록체인 기술과 디지털 금융 인프라가 발전하면서 금융 산업의 구조도 점차 변화하고 있다. 이러한 변화는 향후 수십 년 동안 금융시장의 방향을 결정할 중요한 흐름이 될 가능성이 있다.

이 부록에서는 미래 금융시장의 주요 변화와 전망을 정리한다.

1. 모든 자산의 토큰화

미래 금융시장의 가장 큰 변화 가운데 하나는 자산의 디지털화다.

전통적인 금융시장에서는 자산이 다양한 형태로 존재했다.

·예종이 증권 / 부동산 등기 / 계약 문서

그러나 디지털 기술이 발전하면서 이러한 자산은 점차 디지털 형태로 전환되고 있다.

블록체인 기술을 활용하면 자산의 소유권을 디지털 토큰 형태로 기록할 수 있다.

대표적인 토큰화 대상 자산
·부동산 / 채권 / 미술품 / 콘텐츠 IP / 탄소배출권

세계 최대 자산운용사 중 하나인 BlackRock의 CEO Larry Fink은 "미래 금융의 핵심은 자산 토큰화"라는 견해를 여러 차례 밝힌 바 있다.
이러한 흐름은 앞으로 금융 시장의 중요한 변화가 될 가능성이 있다.

2. 글로벌 디지털 자산 시장

디지털 금융 기술은 국경을 넘어 연결된 글로벌 금융 시장을 만들 가능성이 있다.
전통 금융에서는 국가별 금융시스템이 분리되어 있었다.

・예 : 국가별 증권 거래소 / 국가별 금융 규제

그러나 블록체인 기반 금융시스템은 글로벌 네트워크 형태로 운영 될 수 있다.

예를 들어 글로벌 금융기관 JPMorgan Chase는 블록체인 기반 금 융 플랫폼 Onyx Digital Assets를 운영하고 있다. 이 플랫폼은 기관 투자자들이 디지털 금융 거래를 수행할 수 있도록 지원한다.

향후 이러한 시스템이 확대되면 국경을 넘는 디지털 금융 시장이 등장할 가능성이 있다.

3. 금융기관의 디지털 전환

금융기관들도 빠르게 디지털 전환을 추진하고 있다.

대표적인 사례

・BlackRock : 토큰화 금융 투자

・Franklin Templeton : 블록체인 기반 펀드 운영

・JPMorgan Chase : 블록체인 금융 플랫폼

이러한 변화는 금융기관들이 디지털 자산 시장을 미래 금융의 중요 한 영역으로 보고 있다는 의미다.

4. 새로운 금융 플랫폼

미래 금융시장에서는 새로운 형태의 금융 플랫폼이 등장할 가능성이 있다.

대표적인 플랫폼 유형

1) 디지털 자산 거래소
   디지털 자산 거래를 지원하는 플랫폼

대표 예
   · Coinbase / Upbit

2) 토큰화 플랫폼
   실물 산을 토큰으로 발행하는 플랫폼

3) 디지털 투자 플랫폼
   글로벌 투자자들이 참여하는 온라인 투자 시스템
   이러한 플랫폼은 금융시장의 구조를 변화시킬 수 있다.

5. 금융 산업의 새로운 경쟁

디지털 금융 시대에는 금융 산업의 경쟁 구조도 변화할 가능성이 있다.

전통적으로 금융시장은 다음과 같은 기관이 중심이었다.

· 은행 / 증권사 / 보험사

그러나 미래 금융시장에서는 다음과 같은 기업들이 중요한 역할을 할 수 있다.

· 기술 기업 / 핀테크 기업 / 디지털 자산 플랫폼

이러한 변화는 금융 산업의 경쟁 구조를 크게 바꿀 수 있다.

6. RWA 금융의 성장 가능성

RWA 시장은 아직 초기 단계지만 금융 산업에서 가장 주목받는 분야 가운데 하나다.
일부 글로벌 금융 연구기관들은 향후 수년 안에 수십조 달러 규모의 자산이 토큰화될 가능성을 전망하고 있다.
RWA 금융이 성장하면 다음과 같은 변화가 나타날 수 있다.

· 투자 시장 확대 / 금융 상품 다양화 / 글로벌 자산 거래 증가

7. 미래 금융의 핵심 키워드

앞으로 금융시장을 이해하기 위해서는 다음과 같은 키워드가 중요
해질 것이다.

1) 디지털 자산
   블록체인 기반 금융자산

2) 토큰 경제
   토큰을 중심으로 한 경제 구조

3) 글로벌 투자 시장
   국경을 넘어 연결된 금융 시장

4) 금융 플랫폼
   디지털 금융 서비스를 제공하는 시스템

8. 금융혁명의 다음 단계

금융 산업은 항상 변화의 과정 속에서 발전해 왔다. 새로운 기술이
등장할 때마다 금융시스템은 더 효율적이고 새로운 형태로 발전했다.
블록체인과 디지털 자산 역시 이러한 변화의 흐름 속에서 등장한

기술이다.

물론 아직 해결해야 할 과제도 많다.

· 규제 문제 / 시장 안정성 / 기술 표준

그러나 역사적으로 금융 혁신은 항상 새로운 기회를 만들어 왔다.

실물자산 토큰화(RWA)는 앞으로 금융시장에서 중요한 역할을 할 가능성이 있으며, 이는 새로운 금융 산업과 투자 시장을 형성하는 계기가 될 수도 있다.

세계 RWA 금융 지도

1. 북미 – RWA 금융혁명의 선두주자

핵심 산업

· 국채·채권 토큰화 / 부동산 조각투자 / 기업 대출 금융

주요 프로젝트

· Ondo Finance – 기관 국채 토큰화

· Centrifuge – 기업 금융 RWA

· RealT – 부동산 토큰화

특징

· 규제 기관 승인 프로젝트 활발 / 기관 투자 중심 / DeFi와 전통 금융 연결

시장 규모

· 약 2조 달러 이상 (cointelegraph.com)

2. 유럽 – 디지털 증권과 금융 혁신

핵심 산업

- STO(토큰증권) 거래소 / 채권·부동산 토큰화 / 탄소배출권 RWA

주요 프로젝트

- SIX Digital Exchange – 스위스 STO 거래소
- Tokeny Solutions – 유럽 증권 토큰 플랫폼
- Franklin Templeton – 채권 RWA

특징

- 금융 규제 혁신 활발 / 기관투자 + ESG 중심 투자

시장 규모

- 약 5,000억 달러 예상 (2030년)

3. 아시아 – 금융허브 경쟁

핵심 지역

- 싱가포르, 홍콩, 일본

주요 프로젝트

- HashKey Capital – 아시아 RWA 투자 플랫폼

・BC Group – STO·블록체인 금융

・Mizuho Bank – 일본 국채 토큰화

특징

・규제 프레임워크 준비 / 글로벌 투자자 참여 유리 / 부동산, 채권, 콘텐츠
 IP 중심

시장 규모

・약 2조 달러 (2030 예상)

4. 중동 – 국부펀드와 부동산 토큰화

핵심 산업

・부동산 토큰화 / 탄소배출권 투자 / 국부펀드 RWA

주요 프로젝트

・Dubai Blockchain Center – 부동산 토큰화

・Abu Dhabi Investment Authority – 국부펀드 RWA

특징

・국가 주도 RWA 전략 / 고가 자산 중심 / 글로벌 투자 유치

시장 규모

- 약 1,000억 달러 이상

5. 아프리카 및 남미 – 초기 시장

핵심 산업

- 탄소배출권 RWA / 농업·자원 토큰화

주요 프로젝트

- Stellar Development Foundation – 농업 금융 RWA
- Celo – 탄소 크레딧 토큰화

특징

- 초기 단계 / 글로벌 기관과 협력 / 성장 잠재력 매우 높음

6. RWA 글로벌 시장 구조

4대 축

1. 금융기관 – 전통 채권, 국채, 기업 대출 RWA
2. 블록체인 플랫폼 – 토큰화 기술 제공
3. 조각투자 플랫폼 – 부동산, 미술품, 콘텐츠 IP

4. 글로벌 투자자 – 유동성 및 자본 공급

7. 글로벌 투자 전략 포인트

북미 – 안정적 기관투자, 국채·채권

유럽 – ESG, STO, 탄소배출권

아시아 – 콘텐츠 IP, 부동산, 금융허브 경쟁

중동 – 국부펀드, 고가 자산

남미/아프리카 – 초기 단계, 성장 잠재력

8. 시사점

RWA는 전 세계 금융 산업 구조를 재편한다.

글로벌 투자자는 지역별 전문화 전략이 필요하다.

한국 RWA 시장도 글로벌 금융허브 연결이 중요하다.

저자 소개

문태성 박사 (칼럼니스트, 시인)

강원 영월 출생으로,
고려대 정치외교과, 고려대 정책대학원 국제관계,
건국대 대학원 정치학과 국제정치(정치학 박사)를 전공하였고,
칼럼니스트이자 시인, 한국강사협회 정회원이기도 하다.

대기업인 금융기관 경험과 국회 등에서 공직자를 지냈고,
건국대학교에 출강과 미 캐롤라인대 강사를 거쳐
미 훼이스신학대학원 교수로 재직 중이다.
리더십, 국제관계와 주변 국가에 대해 지속적인 관심을 가지고
새로운 세계의 정치, 경제, 사회 트렌드를 연구하며 활동하고 있다.

저 서 :『100억부자 AI전략』외 33권
H . P : 010-5034-2344, tsmoon1@hanmail.net